少年廚俠 4

除魔大神仙

文／鄭宗弦

圖／唐唐

目錄

作者序

結合「美食」與「武俠」的冒險之旅

文／鄭宗弦

我曾在粉絲團上宣告想寫一套少年小說，讓辛苦做菜的媽媽好好休息，改由孝順的孩子做菜給媽媽吃。恰好親子天下的編輯來信邀請合作，我便闡述了這一小說系列的創作理念，並提出創作計畫。兩方一拍即合，隨即著手創作這一套少年武俠小說。

少年武俠小說？

是的，您沒有看錯，這是集合老、中、青、少廚師們，所共同演出的少年武俠小說。

煎、煮、炒、炸、蒸、燴、溜、燙、烤、焗、爆、煲、汆、熬、煨、燒、燜、燉……廚師做菜的十八般廚藝，刀技火候，水裡來火裡去的，都讓人產生武功的聯想。因此我讓書中的廚師具備頂尖武功，主人翁志達的母親是鼎鼎有名的總鋪師，在家學薰陶之下，志達也擁有武藝與廚藝的龐大潛力。

我生長在糕餅之家，從小跟著家人製作麵包、蛋糕、紅龜粿等點心，了解從事飲食工作者的辛苦，而廚師又比起點心師父更加艱辛，刀子、爐火都容易使人受傷，油煙更會害他們生病，他們在為大眾創作出美味、帶來幸福的同時，往往犧牲了健康與安全。

廚師們創作出經典名菜，不僅滿足人們的口腹之欲，也提供美談讓人樂道回味，人們總說中華料理博大精深，卻忘了這是歷代廚師們勞苦的累積。然而古代廚師的社會地位低下，知識分子雖然用文字記錄了美食，卻很少為廚師作傳記。我寫這一系列的目的，便是想藉由有趣的故事，來表揚廚師們的貢獻。

這是一趟飲食文化的探索之旅

中華料理因幅員廣大，大略分為閩、浙、粵、魯、蘇、湘、徽、川，八大菜系。我讓主角穿越時空，帶領讀者一探名菜發明的起源。

許多名菜的典故成為膾炙人口的故事，稍加改編便能引人入勝。但有些名菜或許是一地風俗，社會集體的創作，或是佚失了發明人與相關情節，而沒有專屬於它的故事，我希望能藉由這個系列來彌補這個缺憾。

這也是一趟探索武功的冒險之旅

中醫主張「藥食同源」，又說「五味入五臟」，因此調和平日的飲食就是養生的良藥。中醫認為精、氣、神、血為人體能量之源，氣為血之帥，血為氣之母，穴道與經絡是能量匯聚之處，正確的呼吸與運動能使能量在身體運作順暢，甚至衍生出更強的能量。進一步衍生出功夫、運氣、掌風，乃至隔山打牛、隔空抓物等有如特異功能的武功說法，讓人產生許多浪漫的想像。

這又是一趟感受俠義的體驗之旅

我看到許多喜歡閱讀的孩子，想要閱讀有關充滿想像力的大部頭書籍，選擇了市面上的武俠小說。然而武俠小說是為成人而書寫的，又有「成人的童話」之說，其中刀光劍影，江湖恩怨的情節太深沉，並不適合少年兒童閱讀。

韓非子說：「俠以武犯禁。」古代的俠客救急扶危，愛打抱不平，有時放蕩不羈，違法犯紀，這樣的俠客並不是孩子學習的典範。我想創作一套專門為孩子而寫的武俠小說，將「武」的部分控制在暴力範圍之內，而「俠」的部分，撇除任性的違法，而導向濟弱扶傾，輕財重義，伸張正義的利他行為。

這還是一趟族群文化的融合之旅

八大菜系之外，我還想在故事中加入京菜和臺菜。

北京城是中國歷史上最後一個王朝的政治中心，來自各地各省的達官貴人匯聚在此，必然會衍生出豐富的飲食文化。而臺灣經歷過荷蘭、明鄭、清朝、日本等政權的統治，飲食文化都有各國的遺留。加上西元一九四九年國民政府遷移到臺灣，帶來各省一百多萬軍民，也把各地的飲食文化帶過來。這些人當中不乏資本家、大地主、高官和滿清遺老，這段歷史也讓中國各地精緻高級的宴客大菜都在臺匯聚，使臺灣成為中華飲食文化的大熔爐。

這一套結合「美食」與「武俠」，由功夫高深的廚師們一同演出的「美食派少年武俠小說」已經上場，請跟著主角們一起縱橫古今，吃喝玩樂，伸張正義吧！

登場人物介紹

林志達

少年廚俠之一。在得到千年老麵的力量後，穿越回到古代，學會了三道神菜，分別代表「包容」、「正義」、「澈悟」的美德。

湯之鮮

灶幫前任幫主。二十多年前詐死，隱居在日月潭慈恩塔，因想調查多年前遇害真相與蚩尤石的下落而再度過問江湖中事。

方羽萱

少年廚俠之一。和志達經歷數次冒險，每次遇到危急時刻，都能發揮聰明機智的頭腦和應變能力。

李繼程

少年廚俠之一。外公魏鼎辛所經營的「瀟湘煙雨湘菜館」赫赫有名，承襲官灶派的武功。

赤焰大仙

明朝正德年間受到百姓崇拜的神祉，傳說曾降世伏妖除魔，因出現時都會伴隨紅火，故名赤焰。

第一章 慶典與妖魔共舞之夜

乞丐，拋棄尊嚴向人乞討為生，是社會中最底層的人。

有一首歌是這樣形容他們的：

穿著草鞋破衣靠在廟門邊唷，清早上街乞討深夜才能歸。
東西南北大街天天在流浪唷，一年四季蓬頭垢面活像鬼。
餿水裡的骨頭填不飽肚子唷，蝨子像落花沾得身上一大堆。
別從富貴人家的門前經過唷，看門狗會狐假虎威對你狂吠……

乞丐無家可歸，每天遊蕩乞食，就為了餬口飯吃，處境令人同情。自古以來每個朝代都有乞丐，但到了明朝，他們的數量發生了巨大的變化。

明朝開國皇帝朱元璋設立了特務「錦衣衛」，重用宦官把持朝政，刺探情報，監視文武百官，濫用刑罰，把皇權擴張到極致。後來的皇帝又分別開辦類似性質的東廠、西廠和內廠，與錦衣衛合稱為「廠衛」。

「廠衛」間彼此監督制衡，卻也互相爭權奪利，導致政局黑暗，朝綱混亂，朝臣們人人自危。「廠衛」也頻繁的勒索官員，官員轉而向百姓加稅索賄，百姓走投無路，民怨積壓日深。

明朝第十一位皇帝朱厚照重用宦官劉瑾掌控「廠衛」，橫征暴斂，倒行逆施。到了正德五年，終於爆發了明朝最大的人民起義事件「劉六劉七民變」。

劉六與劉七兩兄弟率領義軍紀律嚴明，困苦的農民紛紛響應，義軍迅速發展到數萬人，橫掃今日的河北、河南、山東、湖北、湖南、江蘇、安徽等省分，震動京畿。朝廷派出重兵掃蕩，歷經三年後，在黃州集結十萬大軍，逼使劉六跳江自盡，劉七中箭落江而死，民變才被弭平。

朝廷為了安撫民心，在受災區減免賦稅五年，然而農務荒廢已久，糧食缺乏，到處都是流竄乞討的遊民，許多遊民被丐幫所吸收，短短數年，丐幫竟超越了灶幫成為天下第一大門派。

正德十三年臘月初一，湖南長沙城內歡度節慶，家家戶戶張燈結彩。街巷裡的屋簷間也懸掛紅色彩燈，每隔五尺一座，燈燈串連，宛如一條閃亮亮的珍珠項鍊。站在城頭上往下俯瞰，會發現串串彩燈都朝西南角的古松小廟蜿蜒而去。

子時將至，人們扶老攜幼，提著進獻的供品，紛紛往古松小廟聚集。

「快來，別亂跑。」一位母親發現孩子跟著別人回頭跑，便大聲呼喚。

「我要跟大家到城門迎接赤焰大仙。」孩子興奮的說。

那位母親轉身拉住孩子的手臂，急切的說：「我們快到小廟前占個好位子，可以看得更清楚，得到大仙的保佑。」

「可是我想跟大家去迎接大仙回城。」孩子掙脫母親的手，瞬間鑽入人群中，接著一句高亢的聲音響起：「娘，別擔心，我會自己回家的。」

「唉，這孩子。」那個母親嘆口氣，急忙又轉身往小廟走去。

古松小廟附近已經人山人海，大家爭先恐後往前擠，不少人腳被踩了，腰被人撞了，忍不住叫嚷著，一片鬧烘烘。

沒多久人群中傳來高呼聲：「赤焰大仙到城外十九個村子繞境回來了，大家快讓出一條路來。」

眾人回頭一看，只見數十名壯丁手執火把，簇擁著一座神轎往小廟靠近。神轎在如海浪般的人潮中緩緩前進，鑼鼓喧天，鞭炮聲響徹雲霄，沿路信眾圍觀膜拜。

神轎經過後，人們跟在神轎後面往小廟擠去，摩肩接踵，萬人空巷。人潮中不時可見衣衫襤褸，蓬頭垢面的人穿梭其間，原來長沙城方圓三十里的乞丐都來到城裡，古松小廟附近盤據了數百人。

轉眼間到了子時，神轎終於回到小廟前的空地，神像被請出轎門，放在一張高桌上供人膜拜。一時香煙繚繞，燻得人睜不開眼睛，熱淚直流。原本廟前的石頭小香爐不敷使用，有人拿出幾個大鐵桶，讓人把香都往裡頭擲去。

半個時辰後，數十名手執火把的壯丁從小廟向外走出來，一邊大喊：「後退！後退！赤焰大仙就要降臨了。」沿路揮趕民眾要他們往後退。

那些壯丁都是長沙知府向富商巨賈招募來的勇士，個個高頭大馬，武猛無比。本來往前擠的人潮，轉而往後退去，漸漸的以小廟為圓心，空出半徑一丈的圓形大空地。接著，有人跑來在圓周的路徑鋪上柴薪，淋上油點燃火，剎那間火光熊熊烈焰沖天，把那棵古松映照得非常清晰，可見樹枝向外崢嶸，樹葉繁茂，覆蓋面積寬廣。

「吼……吼……」人們跪在火圈之外，五體投地膜拜，發出牛鳴聲，接著高呼：「赤焰大仙，除魔救世。赤焰大仙，除魔救世。」

火圈中，那數十名壯丁手執火把排出火牛的形狀，聲勢浩大的演出火牛陣。人們一邊膜拜一邊圍觀，情緒愈加激動。

忽然一陣狂風穿來，枝葉顫動，飛砂走石，火勢也更為猛烈。

「大仙降臨了！大仙降臨了！」只覺得空中有一股力量在盤旋湧動，人們想看清楚神跡卻無法直視前方，紛紛瞇起眼睛虔誠膜拜。

大火熄滅後，祭典高潮過去了，信眾帶來許多供品，有些人不把供品帶走，直接施捨給乞丐們，乞丐們千恩萬謝，樂不可支。

平日神像被供奉在小廟的神龕內，前面擺了兩個方桌，不容易看清楚大仙的模樣，這時孩子們好奇的跑到前頭一窺究竟，原來那是一尊木雕神像穿著黑色衣袍，束腰束袖，騎在紅牛背上，單手抓妖魔高高舉起。

「我也是赤焰大仙！」孩子們高舉右臂，調皮的模仿神像的姿態。大人見狀便大聲喝斥說：「不得無禮，快點跪下向大仙懺悔！」

孩子們一看挨罵了一哄而散，大人卻趕緊下跪，惶恐的懇求說：「童言無忌，大仙恕罪，大仙恕罪。」

「赤焰大仙，除魔救世。赤焰大仙，除魔救世……」孩子們散入街巷裡，歡快的奔跑嬉鬧，好不快樂。

夜已深了，但小廟前成了不夜城，空氣中洋溢著喜慶的氣氛。

✲ ✲ ✲

然而就在同一時間，長沙城北方，人煙罕至的山林中，卻發生非常可怕的事情。

「咯咯咯啊！」寧靜的夜裡，突然傳出牲畜竄逃的慘叫聲。

住在茅屋內的佃農夫婦，原本已經睡去，聽見叫聲驚醒起身，點了油燈。

「出去看看。」他們好奇的一同出門查看。

夜色沉重，星光微弱，卻見一團黑影在林間穿梭，迅速的飛身而過。

佃農夫婦見狀害怕的閃躲。「有妖怪？」

「哞——砰！」在一聲牛隻發出悽慘叫聲之後，傳來倒地聲。

「天哪！快躲回屋子裡。」妻子驚叫，拉著丈夫跑回屋內把門關上，還搬桌子頂在門後，急忙吹熄油燈。

「今早赤焰大仙的神轎才來附近巡視過，怎麼……」丈夫恐慌的說著。

「想必是大仙回到長沙城了，妖魔知道大仙不在，趁機偷跑來作怪……」妻子猜測著說。

「咯咯咯啊！」

聽著外面牲畜的叫聲，兩人緊緊的抱在一起，全身顫抖。他們只敢惶惑的竊竊私語，一夜不敢闔眼。

天亮之後，未聞雞啼，萬籟俱寂，氣氛十分詭異。

等太陽從雲層後探出來，兩人才鼓足勇氣出門巡視，卻發現豢養的雞鴨都不見了，牛羊死傷無數，身上有多處被撕咬的痕跡。

兩人嚇得半死，一刻不敢逗留，急忙往城裡跑，去向地主郭員外報告。

第二章
夢中的神祕大樓

「外公，我回來了。」一回家，繼程便跟外公打招呼。

「繼程，快收拾一下，數學家教老師六點半要來家裡上課。」魏鼎辛穿著襯衫西褲，正在大門旁的落地大鏡子前整理服裝儀容，見外孫進來嚴肅的說。

「你明天慶祝生日，我讓老師把數學課移到今天。」

「可是我才剛放學回家。」繼程壓抑著想抗議的心情，悶悶的說。

「對，我知道。現在六點十分，你還有二十分鐘可以休息。」

「啊，怎麼可以這樣？」繼程忍不住擺出臭臉，「外公，我明天生日，不能休息一天嗎？」

「當然不行。」魏鼎辛搖搖頭，伸出一隻食指在繼程面前點了點，「你一定要記住，事情只能提前完成，不能往後拖延，不然會養成因循怠惰的惡習。」

「喔。」繼程望著外公強勢的氣焰，只得眨眨眼睛，吞下口水，輕聲回應。

「補完數學之後，別忘了練功兩個小時。我會驗收成果。」

繼程簡直失望透了！他原先以為趁明天自己慶祝生日，可以請假一次不要補習，沒想到外公不但不准還將課程提前。他剛在學校上完一整天的課，感覺很疲累。

魏鼎辛看出他委屈的心情，笑著說：「呵，俗話說先苦後甘，別不開心了。我買了你喜歡的智慧型手機，剛才已經先放去你房間了，上樓去看看吧！」

「啊，真的？太好了。」繼程咧開嘴笑說，「謝謝外公。」

「你快整理一下，待會兒準時上課。」魏鼎辛催促。

繼程往房間走去，忽然想起今天上午羽萱在「少年廚俠」群組裡的留言，回頭問外公說：「外公，你有沒有認識姓曹的人？」

「姓曹的人那麼多，多少都認識幾個，問這個做什麼？」魏鼎辛納悶的問。

「林志達跟我說，那個下毒害他媽媽的人，很可能姓曹，而且可能是灶幫裡面的人。」繼程解釋，「他要我幫忙問問看。」

魏鼎辛低頭想了一會兒，然後說：「灶幫裡面重要的幹部都不姓曹，我知道有一家姓曹的人家住在日本，其他的我就不知道了。」

「陳幫主被人下毒，會不會是他們害的？」繼程順著話問下去。

「不要亂講話。據我所知，他們已經好幾年沒有回臺灣參加幫員大會了。算了吧，那不關我們的事，你不要插手管這些江湖是非。」魏鼎辛說。

「但你不是常教我要見義勇為嗎？」繼程覺得不滿，外公怎麼會這樣說呢？

「你還小，不要管大人的事，那也不是你管得了的，你現在的責任就是好好讀書，好好練功。」

「可是……」

「別再說了，餐廳今天來了幾位貴客，我要下去招呼一下。你快點準備上課。」魏鼎辛說完便拉拉袖口，轉身走了出去。

繼程在外公離開後，獨自爬上一層樓，來到位於十六樓的客廳，狠狠的將書包往沙發上一丟，然後把手機點開，打視訊電話給人在美國的媽媽。

「叮叮咚……叮叮咚……」手機響了很久終於接通，一個中年婦女的面容出現在小螢幕上。

「媽，外公好煩啊！」繼程一開口就是抱怨。

「什麼事？啊，對了，我跟你爸寄去的生日禮物你收到了嗎？我特地要求貨運公司在今天寄到，給你一個驚喜。」

「我不知道，我還沒看。」

繼程的媽媽突然回頭，螢幕影像變成白色的天花板。「好的，等一下，我寫下來。十一份左宗棠雞，五份……」

「媽，你叫外公不要給我那麼多功課，至少不要補習，好不好？」

「有，我記下了，東安仔雞二十份……」媽媽似乎沒聽見他在說什麼，一會兒後她的臉又出現在螢幕上，「繼程啊，有什麼事快說，我在整理今天中午的訂單，待會兒還要去市場採買。」接著媽媽又消失，螢幕中出現廚房設備，「空心菜要買十公斤，辣椒也沒了……」

「你在跟誰講話？」電話另一頭傳來爸爸的聲音，「一大早忙得不得了，你還有閒情逸致聊天？」

「不是啦！是繼程。你快來跟他說聲生日快樂。」媽媽轉頭急促的說。

「繼程啊，生日快樂。」爸爸的臉出現在螢幕前，「你在臺灣還好吧？我和你媽從起床就忙到現在，待會兒要去早市……你們那兒是傍晚了吧，你功課寫了嗎？別忘了每天練功！」

「沒事了，你們去忙吧！」繼程悻悻然的掛斷電話，望著空曠的客廳，感到心煩意亂。大家都忙著賺錢，而且也要他忙著功課和練武，到底為什麼？

「如果在美國讀書就好了，根本不用補習，煩死了……」他咕噥了幾句，站起來往房間走。

進了房間，床上擺滿包裝精美的禮物，有大有小，上面還附上了卡片，寫滿了對他的祝福。換作是以前，他一定會很興奮的拆開來看看誰送了什麼東西，可是現在一想到課業壓力，卻連拆禮物的興致都沒了。

＊＊＊

這一頭志達和安南搭的那輛公車，正在繁華的臺北街道上行駛。

一個小時前，志達一放學就請安南帶路，去尋找他口中那一棟大樓。安南曾經在中了蜘蛛魔毒時，夢到自己前往一棟金碧輝煌的大樓，但昨天卻在現實生活中親眼見到，就在他和媽媽搭公車去阿姨家的路上！

羽萱因為要補習沒辦法同行，他們上了公車後從板橋出發，沿路繞來繞去，等進入臺北市區之後，安南的眼睛一路緊盯著車窗外面。公車開得很快，深怕一不留神就會錯失了那棟大樓的蹤影。

「啊，我看到了！」在櫛比鱗次的建築中，安南如同發現新大陸般大叫。

「在哪裡？」志達急忙問他。

「公車剛經過，現在看不見了，快按下車鈴。」安南指著車後消失的一點。

公車大約又往前開了幾百公尺才停下，兩人下車後，趕緊往回走。

「就在前面，快到了。」安南興奮的說。

「咦？這裡，好像……」志達越往前走越覺得不對勁，這附近的街景感覺有點熟悉。他看見前方馬路對面有一個霓虹燈招牌，寫著「瀟湘煙雨湘菜館」。

「啊！對了，李繼程就住在這裡。」

「你說誰？住在哪裡？」安南好奇發問。

「李繼程。是我朋友，也是我們灶幫的新幫員。前面這一間湘菜館就是他們家經營的。」志達解釋說。

「這一間嗎？」安南指著大樓認真的問。他們轉眼間來到湘菜館的大門前，裡面燈火通明，有許多賓客在用餐。

「對，就是這一間。」志達點頭。

「這麼巧，我在夢中看到的也是這一間。」安南笑著說。

「什麼？真的嗎？」志達雙眼瞪得圓圓的，露出不可思議的表情。

「我怎麼可能費那麼大的力氣騙你？」安南心中有點不舒服，皺眉說。

「李繼程的家出現在你的惡夢中？」志達腦中一片混亂。

「看起來是！」

「他們家有二十一樓，你想清楚。」

「沒錯，就是這一棟大樓，夢中看起來金碧輝煌，後來我在公車上看到，才知道原來是霓虹燈招牌造成的效果。」

「可是你說夢中有野獸的呼叫聲，這兒有嗎？」

安南看看四周，人來人往，車水馬龍，便調皮的笑著說：「看起來沒有。」

「這是怎麼回事？」志達決定先不往壞的方向想，想先釐清一些事，找出其他可能。於是接著又問：「你是不是來過這間餐廳吃飯？」

「沒有。」

「你因為常常去阿姨家，常經過這裡，所以才對這裡留下印象？」

「你別亂猜。我阿姨才剛搬家不久，我跟我媽是第一次到她的新家去拜訪。」安南又說，「就連那班公車也是昨天第一次搭。你到底想要知道什麼？」

「等等。」志達沒有回答安南，因為眼前的事實令他一下子無法接受，需要冷靜一下。「讓我想想……」

第三章 被毒物操縱的可憐蟲

陰暗的室內，有三對眼睛在閃動，銳利的目光漫無目標的來回掃射。

一道門打開，一個黑色人影走進來。他從手提的大袋子裡掏出三袋紅色的液體丟在地上，接著二話不說走出去，門又關了起來。

三團黑影一擁而上，他們分別是噬血魔怒豺、暴虎和殘獅。他們已經三天沒有吃到血了，飢餓不堪，特別需要血液中的精氣神來提振自己的力氣。

暴虎搶走其中一個血袋，即刻津津有味的吸食起來。怒豺搶了兩個，吸食一袋，另一袋拿在手中，藏到背後。

殘獅撲了空，生氣的張嘴去咬怒豺。怒豺早有準備，快速閃躲，並幸災樂禍的說：「上回你撞了我一下，害我吐出一口血，沒有吃飽。我現在只是討回來而已。」

「可惡！豈有此理！」殘獅怒不可遏，張牙舞爪朝怒豺猛攻過去。但怒豺吸了一袋血，精力大作，縱身一跳竄到殘獅身後，反咬他一口。

「啊——」虛弱的殘獅痛叫一聲，躲到牆角，朝怒豺大罵：「等我恢復體力，一定要好好教訓你。」

「哼！別以為你還是百獸之王，你被抓來這兒，跟我一樣都是人家的奴隸，沒什麼了不起。」怒豺說完又要吸食另一袋。

這時大開忽然又開了，黑色人影進來大吼：「吵什麼吵？」

怒豺急忙把血袋又藏到身後，殘獅對人影下跪，生氣的控訴說：「怒豺搶走我的血袋，請主上幫我作主。」

「是他上次撞我，害我浪費了一口血，他得還我。」怒豺反告回去。

「不必廢話了！」主上揮舞雙手施起五毒陰功，口中唸唸有詞，然後雙掌揮去，一道道陰氣同時打在三個噬血魔的胸口。

「啊！」他們心口上的魔物有如浮雕般緩緩現形，然後開始往頭上爬。

「啊……不要啊……」怒豺大叫，手上的血袋掉落地面。

「主上饒命……饒命……」殘獅跟著求饒。

「痛啊……好痛、好痛……」暴虎也發出哀號，「不甘我的事啊！主上……」

三個人形魔物倒在地上抱頭翻滾，痛不欲生。

「看誰還敢亂來！你這傢伙最陰險霸道，看我好好處罰你。」主上一邊指著怒豺，一邊強施內力在怒豺的胸口和脖子上。

「啊！」怒豺馬上鼓起腮幫子，瞪大眼睛，吐出潛伏在體內的毒蠍子。「我錯了……求主上饒恕，求主上饒恕……」怒豺氣若游絲，勉強的說著，隨即癱軟在地上，有如被剪斷線的傀儡玩偶。

主上撿起地上的血袋，另一手抓起毒蠍子在手中把玩，然後冷冷的警告說：「暴虎和殘獅，你們也想像怒豺那樣嗎？」

「小的不敢，我們不鬧事，小的不敢……」兩個噬血魔順從的跪在地上。

「殘獅，你吃吧！」主上把手中的血袋丟給他。

「謝謝主上，謝謝主上……」殘獅拿到後，千恩萬謝的磕頭。

「我這一整天都不會幫怒豺裝回蠍子，以此作為處罰。」主上厲聲說。

那意味著，怒豺這一整天都無法動彈。

「嗚……嗚……」怒豺倒在地上發出哀鳴。

「啊！」主上正得意自己將這幾隻魔物控制在股掌之間，忽然感到一陣暈眩，一個響亮的聲音在他腦中響起，他凝神聆聽，那聲音不斷重複，使得他頭暈目眩，痛苦難當。

「我知道了……」直到他把手伸進口袋，握住一顆石頭，暈眩和聲音才停止。

「你們三個聽好了，絕對不能讓林志達學會完整五式的全脈神功，否則他將會有足夠的力量抗衡五毒陰功。」主上接著吐出一口氣說：「好吧！怒豺，看在你知錯的份上，我就幫你把毒蠍子裝回去，不過你得將功贖罪……」

「怒豺做牛做馬一定盡心達成任務，誓死效忠主上……」怒豺滿臉懺悔的說。

「希望如此。」主上幫怒豺裝上毒蠍子後便離開，大門又關上。

怒豺感到胸口的魔物慢慢歸位，並且隱入心口，但剛才發生的一切仍令他心有餘悸，他像是一灘爛泥般的倒在地上，等著體力完全恢復。

＊＊＊

志達低頭思索了半分鐘，便拿出手機對著大樓拍照，然後將照片私下傳給羽萱。

志達：羽萱，你現在方便說話嗎？

羽萱：我剛下課。有什麼事？你為什麼不在群組裡留言？
志達：我正站在繼程家對面。
羽萱：有，我看到照片了。你怎麼跟安南跑去繼程家？他生日是明天啊？
志達：我們沒進去吃飯，我們是來找出現在安南夢中那一棟怪大樓的。
羽萱：啊！難道是這一棟嗎？
志達：沒錯。
羽萱：天哪！這是怎麼回事？
志達：所以我才私下傳訊息給你。
羽萱：我懂了，這件事先不要讓繼程知道。
志達：對，我擔心繼程知道後的反應。
羽萱：嗯，如果他衝動之下跑去問家裡的人，說我們在懷疑他們家，那就不好了。
志達：而且，萬一真的跟他們家有關係，恐怕會打草驚蛇。

羽萱：現在怎麼辦？

志達：我得想想。

羽萱：反正明天是繼程的生日，我們會去他家作客，到時候再仔細觀察。

志達：好，到時伺機而動。

羽萱：我要去買生日禮物了。881

志達：881

羽萱的訊息提醒了志達，他也該去買個禮物送給繼程。他關掉手機對安南說：「走吧，我們回去了。」

「啊！不進去調查嗎？」安南訝異的問。

「不了。」志達不想多做解釋，「我和羽萱會找適當的時間再來，謝謝你的幫忙。你肚子餓了吧？走，我請你吃飯。」

「我肚子早就餓扁了。」安南有點委屈的說，「我想吃炸雞。」

「沒問題，找找看附近有沒有速食店。」

兩人邊說邊往公車站的方向走回去。

＊＊＊

就在剛才志達和安南步下公車的同時，繼程上了一會兒數學課，思緒卻一直無法集中。

「你怎麼了？」數學老師發覺了。

這時副主廚洪規果敲了敲門，走進客廳，「繼程，老闆叫我端兩碗麵上來，要你們休息一下再用功。」

「原來你還沒吃晚餐啊！」數學老師感激的說：「魏老闆真的太客氣了，每次來上課都準備許多點心，真不好意思。」

「老師，不要客氣，這些都是餐廳裡的熱門菜色。老闆交代了，看還想吃點什麼，讓繼程打個電話，我們再準備上來。」洪規果說完就下樓去了。

繼程看副主廚準備了剁椒拌麵、湖南小炒肉、黑白蛋和左宗棠雞。黑白蛋是水煮蛋和皮蛋炸過後，跟泡椒炒在一起的小菜，非常美味；左宗棠雞是炸雞肉裹炒酸甜醬，吃起來酸甜又香酥，是他平時最愛吃的一道菜，可是現在的他卻沒什麼胃口。

倒是數學老師開心的吃起來。「這道左宗棠雞味道真好。繼程，你也吃啊，吃完我們還要繼續上課。」

「好。」繼程拿起筷子吃了一些麵，也吃了一塊雞肉，然後站起來說：「我去上個廁所。」

但他離開客廳後，沒往廁所走，而是來到馬路邊的陽臺透透氣。

「咦？」他忽然看見對街有一個人的身影跟志達很像，正在和另一個少年交談。

他揉揉疲累的眼睛又仔細看去，但那兩個人已經不在了。他四下張望，看見他們的背影正逐漸遠去，一轉眼後便消失在人群中。

他好奇的走回客廳，拿起手機傳訊息到「少年廚俠」群組，想求證一下。

繼程：志達，你來找我嗎？

螢幕上顯示已讀，但遲了一分多鐘，志達才回訊。

志達：沒有啊！

繼程：我剛才好像看到一個人，跟你長得很像。

志達：哈哈，你認錯人了。但我們明天就能見面了，先祝你生日快樂。

繼程：好，謝謝。

「真的是我認錯人了嗎？」繼程若有所思的說。

第四章
來自古代的噬血魔

志達和安南吃完晚飯後，兩人各自回家。途中，志達的手機響了，一看是羽萱打來的。

「志達，今年的『中華美食展』主辦單位香港美食公會會長歸凌高先生來我家拜訪。我爸說他跟全脈神功有淵源，想見你一面，想請你現在來一趟。」

「好啊！我這就去你家裡。」志達爽快答應。

「不，我們在臺北的『詩禮春秋魯菜館』吃飯，你現在人在哪裡？」

「我看一下……」志達看看四周，「我在捷運古亭站附近。」

「好，在那兒等我，我跟司機大哥很快就去接你。」

志達在原地等了不到十分鐘，羽萱家的車就來了。

進了餐廳之後，他看見方叔叔和一位中年人坐在圓桌前，他連忙走過去。

「這位是歸凌高長老。」方子龍幫志達介紹。他現在已經不用坐輪椅，而是改用枴杖。

「歸長老好。」志達禮貌的問候。

「你好，聽方老闆說了很多你的事蹟，總算親眼見到你了。」歸凌高說。

「來，先吃點菜。」方子龍親切的說，「我們一邊吃一邊說。」

「哇，好豐盛的菜色。」志達雖然剛吃過炸雞，但一看滿桌菜餚又不禁食指大動。

「這家餐廳專賣魯菜，也就是山東名菜。你真有口福，明天要吃湘菜，今天先吃魯菜，簡直吃遍大江南北。」羽萱開玩笑說。

「你不也一樣嗎？」志達笑著回她。

「一定要先嚐嚐這道孔府菜的經典當朝一品鍋，這是清朝皇帝到曲阜縣孔府作客時，孔府招待皇帝的大菜。用肥雞、豬蹄、鴨肉、海參、魚肚等珍貴食材清燉出來的。」方子龍建議。

志達先喝湯，才一入口，頓時驚喜的張大眼睛，因那湯汁鮮美無比。他再喝一口，隨之閉上雙眼，陶醉在如夢似幻的美妙滋味中。

「孔子說：『食不厭精，膾不厭細。』非常重視飲食養生，自從漢武帝罷黜百家，獨尊儒術，歷代孔府子孫經常受到皇帝封誥為一品大官，因此精鍊出高尚雅緻的飲食文化，是魯菜的代表。」方子龍介紹說。

「魯山東麵食坊的包子饅頭呢？不也是魯菜嗎？」志達問。

「那是民間小吃，這是官府大菜。」方子龍解釋。

「還有這道九轉肥腸一定要吃，也是山東名菜。」羽萱夾了一塊給他。

志達吃進嘴裡，那炸得酥酥的大腸，裡面帶著蔥的甜味，還有肥腸的油香，讓他頻頻點頭微笑。

「肥腸是濟南名菜，再嚐嚐這道蔥燒海參，是膠東名菜。孔府、濟南、膠東這三個菜系都屬於魯菜。」方子龍介紹完菜色，話鋒一轉導入正題，「我跟歸長老提到你幸運的找到秘笈，學會全脈神功，他馬上說想認識你呢。」

「發明全脈神功的衛好農和我一樣是香港人，本身是粵菜名廚，他在當上灶幫幫主之後，曾閉關多時，最後才發明了全脈神功。說起來衛好農算是你的祖師啊。」歸凌高說完又轉而關心的問，「我聽方老闆說，前幫主湯之鮮詐死，以及復出追查蚩尤石之事。我願意出一筆錢，照顧湯之鮮前幫主。」

「可惜他不知到哪裡去了。」志達遺憾的說。

「湯之鮮前幫主查出曹雪芹把蚩尤石當成傳家之寶，傳給後世子孫，可是我們查過資料，發現曹雪芹唯一的兒子三歲就過世了，他也在同一年病死，石頭現在不曉得傳給誰了？」羽萱困惑的說。

「既然是傳家之寶，必定不會外傳。」歸凌高說，「我認為蚩尤石仍然在曹家子孫的手上。」

「是啊。我和羽萱也猜測這個毒害我媽的『主上』應該姓曹，但灶幫裡姓曹的人似乎不多，我媽跟他們也不熟，實在很難調查。」志達搖頭說。

「唉！如果有曹雪芹家的族譜，那就好了。」羽萱嘆氣說。

「有。我認識一位香港有名的大企業家曹星辰，他是『全球曹氏宗親會的會長』，保存了一套自明朝以來各省曹姓宗親的完整族譜，說不定能幫上你的忙。」歸凌高說，「志達，你如果到香港來，我可以介紹他給你認識。」

「那就趁這次跟我們一道去香港『中華美食展』啊，順便也到全脈神功的發源地去朝聖一番。」方子龍鼓吹說。

「好啊！」志達欣然答應，非常期待可以去香港追查主上的真實身分。

「太棒了。」羽萱開心鼓掌。

「聽說你在學習全脈神功的過程中遭遇到許多危險？」歸凌高好奇的問。

志達詳細回述了狂狼、瘋豹跟主上的關係，以及曾經發生過的爭鬥。

「咦？怪了，現在怎麼還有噬血魔？」歸凌高疑惑的說。

「歸長老，您的意思是，噬血魔不該出現在這個時候？」志達問。

「衛好農之前的幫主是蔡市仔，原是袁世凱的家廚，也是我的師父巴保舟的好朋友。蔡市仔在一九四九年跟著袁世凱的孫子袁家藝搭太平輪來臺，途中船沉，袁家藝溺死，蔡市仔用輕功浮在海面上，後來獲救輾轉來到臺灣。」歸凌高提出疑惑，「聽巴保舟轉述蔡市仔所言，當年袁世凱為了稱帝，透過不可告人的管道招募了豺、狼、虎、豹、獅，五頭噬血魔來為他助陣。」

「哦？成功了嗎？」志達好奇發問。

「袁世凱是成功登基了，不過才當了皇帝八十二天就被迫下臺。蔡市仔嫉惡如仇，隱藏自己灶幫幫主的身分，暗中剷奸除惡，用計誘殺了五隻噬血魔。」歸凌高說。

「怎麼沒聽說過這段傳聞？」方子龍問。

「雖然這是正義之舉，但蔡市仔認為這種背叛主人的事情，還是不要列入灶幫史中才好，因此衛好農、湯之鮮都沒有傳承到此段歷史。事實上，五隻噬血魔都已在一九一六年，袁世凱病死前一個月被蔡市仔除去了。」歸凌高說。

「既然他們都已經死了，為何現在又會出現噬血魔呢？」羽萱困惑的發問。

「難道是有人穿越到古代，把噬血魔抓到現代來了？」方子龍猜想。

「也許吧！」歸凌高說。

大家陷入沉默中。

「歸長老，請問你知不知道五大神菜中，除了雞仔豬肚鱉、西湖醋魚和麻婆豆腐之外，還有哪兩道？」志達抱著希望探問。

「我不知道，不過我從方老闆那裡聽說你和這幾道神菜的故事。它們分別是甘味、酸味、辛味的名菜。成語說『先苦後甘』，而你發現名菜的順序，卻是從甘味開始。我曾聽師父說過，全脈神功是以小腸經為總結，小腸經和心經互為表裡，中醫說苦入心，因此推斷最後一道是苦味。」

「所以名菜的順序是『先甘後苦』嗎？」羽萱問。

「沒錯，因此接下來第四道應該是鹹味的菜。」歸凌高說。

「以鹹味為主的名菜有哪些呢？」志達問。

「鹹香之菜太多了，因為在舌頭味蕾上感受鹹味的接受器最多，人們流汗之後也需要補充鹽分，因此許多料理都會放鹽巴。」方子龍無奈的說，「像梅乾扣肉、醬爆牛肉、鹽焗雞、鹹豬肉、三杯雞……都是鹹香菜。」

「真的太多了。如果沒有線索，確實難猜。」歸凌高搖搖頭說。

「沒關係，我都記下來了。等我明天參加完繼程的生日聚會，再一一做來試吃。」志達仍感謝大家的建議。

＊＊＊

兩個小時後，數學老師離開，繼程拖著疲累的身子來到二十一樓的練功房。他先打出基本的君子掌和果拳來暖身，接著把官灶派的功夫完整的複習了一遍。

結束後，他打起呵欠，忍不住到一旁的軟墊坐一下，沒想到就這麼歪著身子睡著了。

恍惚間，他聽到外公的聲音：「起來，別偷懶。」

繼程張開眼睛，看見外公手插腰站在他面前。

「今天只要驗收棋拳，別忘了邊打拳邊說出口訣。」

「好。」繼程吸口氣站起身，振作精神開始打拳，「棋拳三式：第一式星羅棋布拳，銀河倒瀉，世事如棋，拳拳入格，面面俱到。」

「好，再來。」

「第二式舉棋不定拳，虛懸拳頭，行蹤不定，上行望右，左行望上，聲東擊南，調虎臨川。」

「好，第三式。」

「累棋之危拳，左拳疊右拳，下層又上疊，直到下巴前，往下重來回。」

繼程按著口訣的順序，把這三式拳法打得虎虎生風。魏鼎辛卻眉頭深鎖說：「你今天病懨懨的，累棋之危拳太慢了，尤其最後一拳，需要一鼓作氣往對方下腹出拳才能出奇制勝。全部再打一次。」

「啊……」繼程著實盡力了，但他不敢抗議，只得悶著頭重打一回。

「唉，越來越慢。」魏鼎辛搖搖頭，嘆口氣說，「好了，眼看就要子時。明天是你生日，你先去洗個澡，然後準備祭拜灶王爺。」

「知道了。」繼程下樓回房。

繼程心裡犯嘀咕，本來過生日是一件快樂的事，現在卻成了令人疲倦的負擔，不但不能放假，要提前把事情做完，還得在生日的前一天晚上「謝祖」。也就是向灶王爺的神像下跪上香，表示「飲水思源」不忘本的意思。

唉！真是麻煩。繼程記得小時候在美國過生日沒有壓力，就只有快樂歡笑，真懷念當年無憂無慮的生活。

洗完澡之後繼程精神好多了，換好衣服，來到位在十八樓的神明廳。

牆上的時鐘顯示晚上十一點二十五分。

魏鼎辛已經等在那兒了，見他來了，點燃一把香，然後分成兩束，一人一束。一時香煙裊裊，燻得他眼睛刺痛，忍不住瞇起雙眼。

只見神桌上擺滿牲禮和各色水果。繼程站在灶王爺正前方，魏鼎辛陪在他旁邊，先一起三鞠躬，然後說：「我魏鼎辛，帶領外孫李繼程，在此敬謝灶王爺保佑他平安長大。今天是李繼程的生日，懇請灶王爺讓他在課業和武藝上都能有長足進步，才不辜負我灶幫先聖先賢的恩澤。」

繼程字字句句都聽得很清楚。外公總是這樣，叮嚀他不能忘本，做什麼都要有目的，做什麼都要有成效，不能浪費一丁點時間和精力，否則就是對不起灶王爺。他感到心頭被一顆大石頭沉甸甸的壓著。

「還有，請灶王爺保佑我女兒魏虹早日康復。」魏鼎辛下跪，虔誠而專注的說著。

繼程感覺這句話外公是用內力吐出來似的，帶著一點蒼勁和悲涼。可是虹阿姨瘋癲成這樣，怎麼可能會好？她不是天生就這樣的嗎？就算是後天因素，那也不是醫學可以救治的，既然如此，外公也就不用向神明祈求了。

不過這些話只能放在心裡，他不敢開口問。

第五章 歡樂的生日餐會

隔天上午，志達跑到住家附近的運動用品店買了給繼程的禮物，然後去安養院探望媽媽。

「我中午要去參加李繼程的生日餐會。」志達高興的把禮物放在一旁，幫媽媽按摩手腳，「就在他們家吃飯。」

「瀟湘煙雨湘菜館，」陳淑美咧開嘴，羨慕的說，「你真有口福，聽說魏家的湘菜非常道地，每天門庭若市。」

志達又說了要跟方子龍去香港，歸凌高介紹他去調查曹家族譜的事，陳淑美也非常支持，但提醒志達要小心自己的安全。

不久志達的手機響了，接起來一聽，是羽萱打來的。

「志達，你出門了嗎？我們家司機要載我去繼程家，我請他去接你，我們一道走。」羽萱貼心的說著。

「那太好了。」志達告別媽媽，提起禮物就離開了安養院。

不久，志達搭上車，羽萱便好奇的問說：「你買了什麼禮物送給繼程？」

志達捏起右手的食指和大拇指，往頭頂一比。「棒球帽。」

「哇，繼程一定很喜歡。」羽萱讚許的說。

「你呢？準備了什麼禮物？」志達問。

「你看。」羽萱從一個袋子裡拿出一個 Hello Kitty 的絨毛玩偶，「我最愛的娃娃。」

「繼程會喜歡這個嗎？」志達一臉疑惑的說。

「唉呀，你不懂啦！禮物有兩種，一種是收禮的人喜歡，一種是送禮的人喜歡。我們女生把心愛的東西跟對方分享，這是一種貼心又甜蜜的心意。」

「是喔？」志達揚起雙眉，有點困惑。

羽萱看志達似懂非懂，又補充說：「也可以說，這個Hello Kitty就代表我，繼程以後看到這個娃娃就會想到我，想看我的時候就看看這個娃娃。這樣懂了嗎？」

志達點頭笑了笑，心想，女生的心思和邏輯，跟男生真是不一樣。

車子在街道上行駛，半個多小時後抵達了「瀟湘煙雨湘菜館」。

「嗨！真開心見到你們。」繼程如同上回那樣在大門外迎接他們。

「生日快樂！」羽萱和志達同聲慶賀，並且遞上禮物。

「人來了就好，何必那麼客氣呢！」繼程刻意學大人的口吻講話，把他們兩個人逗得哈哈笑，「快進來，你們住得比較遠，其他人都先進去了。」

繼程在前頭帶路，電動玻璃門才剛打開，這時左邊的防火巷卻傳來不友善的喝斥聲：「走開走開，不要來這兒討東西，我們還要做生意，你在這裡只會讓客人對餐廳留下不好的印象。快走開……」

志達好奇的停下腳步，轉頭一看，發現是穿著廚師服的副主廚洪規果，正在驅趕一位遊民。那位遊民低頭彎腰，不敢抬頭見人，隨著洪規果的揮手進逼，唯唯諾諾的往後退去。

「好可憐，他是不是肚子餓，沒東西吃？」志達同情的問。

「餐廳每天都有剩菜，給他一點食物沒什麼損失吧！」羽萱也憐憫的說。

「這些人不事生產，是社會的米蟲。」大門內出現另一個聲音，他們轉頭一看，是魏鼎辛用嫌惡的口氣在說話。「你今天給他食物，他食髓知味，明天還會再來，甚至帶一群人來，那還得了？」

洪規果把人趕走了，聽見老闆的聲音，急忙跑過來說：「沒事了，我剛才凶了他，應該不會再來了。」

繼程也拉起志達的手說：「別管那個人了，大家都在裡面等你們呢。」

志達和羽萱沒再說什麼，先後進入餐廳，來到一個擺設了大圓桌的包廂，發現已經有五男兩女七位青少年圍坐在一起，興奮的跟他們打招呼。

「嗨！大家好，我是方羽萱。」羽萱先自我介紹。

「我是林志達。」

「來，我來介紹，這位是……」繼程一一介紹大家給他們認識，原來這裡頭有繼程的同班同學，也有補習班的同學。

大家都坐下之後，魏鼎辛笑容可掬的拿了菜單進來，熱情的說：「謝謝大家今天來幫繼程慶生，看看喜歡吃什麼菜，儘量點，一定要吃飽啊！」

「喔！不要吃太飽，待會兒還有生日蛋糕呢！」繼程連忙站起來，指著不遠處落地透明大冰箱裡的蛋糕盒，提醒大家。

「哪有主人叫客人不要吃太飽的？」魏鼎辛笑著輕聲責備。

繼程縮回座位上，羽萱大方的拿起菜單來翻看，志達坐在她旁邊也好奇的湊過來看。

「我沒有吃過湘菜，不知道有什麼代表的菜色？」志達發問。

「一般人以為湘菜的特色是辣，其實只有五分之一左右的菜色是辣的，但是香辣的菜的確好吃，也是本店最受歡迎的招牌菜。你們吃辣嗎？」魏鼎辛介紹完，笑著問大家。

「吃。」大家被這慈藹的笑容吸引，不約而同點頭回答。

「吃什麼等級的辣啊？」魏鼎辛跟客人開玩笑。

「我不怕辣。」羽萱笑著說。

「我辣不怕。」志達很有志氣的答。

「我怕不辣。」繼程也湊一腳。

「哈哈哈！」所有人笑成一團。

「我對這一道『酸菜雞蛋炒蠶豆米』很好奇，想點來吃吃看。」羽萱指著菜單上的一道菜名說。

「沒問題。」魏鼎辛連忙對說繼程：「這道菜你不要吃，知道嗎？」

「知道。」繼程很有默契的點頭。

「為什麼？」羽萱好奇的問。

「你自己說吧！」魏鼎辛摸摸繼程的頭。

「因為我有『蠶豆症』，不能吃蠶豆相關的食物。」繼程苦笑著說。「連吃中藥都要特別小心，不能吃黃連什麼的。」

「真可憐。」志達同情的說。

「不會啊！美食那麼多，不差這一樣，生活上小心一點就好了。」繼程說。

「來吧，既然大家都不怕辣，就每樣名菜都來一道。」魏鼎辛幫他們點了一桌豐盛的高級湖南菜，「繼程，今天你是主人，好好招待客人們。同學們，大家別客氣啊！」

「好！」大家開心回應。

接著魏鼎辛便轉而去招呼餐廳其他客人，不久服務生就端上酸菜雞蛋炒蠶豆米、青椒炒肉、黃燜鱔魚、剁椒魚頭和豆豉辣椒蒸排骨。

志達每道菜都嚐了一口，湘菜果然風味獨特，除了食物本身的鮮美滋味，辣椒的香辣從舌根蔓延到口腔各處，接著透出臉頰。眾人大口配飯，猛灌飲料，大呼過癮。

「繼程，你收到什麼生日禮物？」有個男同學問。

「我媽送了我一雙名牌球鞋，我爸送我電子手環，我外公送我新手機，都放在樓上。」繼程如實回答。

「好棒！真令人羨慕。」另一個男同學說。

「把我們的禮物也拆開看看吧！」羽萱指著一旁椅子上堆疊的禮物。

趁著服務生又端上乾鍋雞和大盆花菜，繼程開始拆禮物，一一展現給大家看。除了棒球帽和 Hello Kitty 之外，還有人送桌遊、動漫掛圖、運動外套……，繼程笑得好開心。

「老實說，你最想得到什麼禮物？」志達猜想繼程可能有自己想要的東西，「有在這裡面嗎？」

「你們送的禮物我都很喜歡，不過我最想要的是……」繼程故弄玄虛。

「快說快說！」大家齊聲逼問。

「空拍機。」繼程笑著說。

「啊！」大家驚呼，這答案出乎所有人的意料。

「拜託，那很貴耶。」羽萱說。

「要那個做什麼？」志達問。

「你們不懂。我多想像空拍機那樣飛上天空，暫時離開這裡，不要上課、補習、練功……」繼程語重心長的說著，一時氣氛變得低迷。

「我跟你有同感，不過我建議你，放風箏比較便宜啦！」志達拍他肩膀開玩笑，大家聽了都哈哈笑起來。

趁繼程不注意的時候，志達給羽萱使個眼色，然後拿出手機傳訊息給她。

羽萱收到他的訊息，打開手機的通訊軟體。

志達：我們去廁所那兒說話。

羽萱望著他點頭。

志達站起來對繼程說：「我想上廁所，怎麼走？」

「出了包廂後右轉，經過廚房外面以後走到底再左轉。」繼程伸手為志達指引方向，然後又轉頭跟同學聊天。

「我也要去洗個手。」羽萱也藉故離席。

經過廚房外面時，他們看到洪規果副主廚像個閒人一般，坐在廚房門口。

「嗨！吃得還習慣嗎？」洪規果揮手打個招呼。

「很好吃。」志達說。

「很夠味。」羽萱也回答。

兩人快步走過廚房外面，來到廁所門口，見四下無人，志達輕聲對羽萱說：「我想上樓調查，你能不能幫我把風？如果繼程出來找我們，就傳訊息跟我說。」

「當然好。」羽萱看一下手機上的時間，「不過我待會兒就得離開去補習了，你得快一點。」

「好。」他和羽萱一前一後悄悄走出走道，再次經過廚房，轉了個彎偷偷溜到另一處，來到上回繼程帶他們搭乘的那個電梯旁。

志達見旁邊沒有人便進了電梯，羽萱留在一樓電梯口把風。

第六章 禽鳥的啟示

灶幫前幫主湯之鮮，正在三鐵共構的板橋車站大樓的頂樓打坐。

前幾天他查出消失了兩百多年的蚩尤石，是由曹姓人家持有傳承。他在調查的過程中耗掉大半內力，手上又遭到烈火燙傷，因此在告知陳淑美這個發現之後便離開了安養院，尋覓附近可以藏身養傷的地方。

他先到藥局買了治療燙傷的藥膏，拖著受傷的身體四處尋找，但著實疲累不堪啊！

這都市舉目所見都是高樓大廈，在一片都市叢林之中，難以找到像日月潭那樣清幽雅靜之所。他不知不覺來到三鐵共構的板橋火車站，只見車站大樓高聳入天，那離天空最近之處，不正是離人間最遠的天堂嗎？

他混入人來人往的車站，先搭電梯，又轉樓梯，終於爬上了車站大樓的頂樓。

這兒果然異常寧靜，正巧中央有幾座水塔，四邊女兒牆也很高，可以用來擋風遮蔭。樓下有商店有廁所，而且距離安養院也不遠，隨時可以去找陳淑美。不過，晚上睡在這兒總是不好，沒有屋簷可以遮風避雨，以他現在虛弱的身子恐怕承受不起。

湯之鮮打坐運功，調整內力，把這份擔憂擱在心頭下的一個小位置。半個小時過去，他氣血調和，身上的疼痛也減輕許多，但體內的功力只剩不到一成，需要加緊調養才行。忽然間，靈感來敲心門，他想到一個最佳的過夜之處，他欣然一笑繼續打坐。

直到夕陽西下，他張開眼睛，下樓後出站，來到附近的板橋林家花園。

林家花園現已是由公家機關管理的名勝古蹟，白天開放供人參觀，但那時已過了開放時間，園門緊閉，湯之鮮見四下無人，施展輕功翻牆而過。

沒有閒雜人等的花園非常寧靜清幽，亭臺樓閣，花窗景牆十分繁複美麗，人在其中漫遊，景隨步移，變化萬千。

「這兒雖然占地不廣，但精緻巧妙可一點都不輸給《紅樓夢》裡的大觀園。」湯之鮮不禁讚嘆。

他在榕蔭大池邊的菱形亭坐了一會兒，回想在大觀園裡抓虎魔的情景，不禁想念起廚藝精湛又敬業的王小余，還有他留給陳淑美的紙條，志達不知道是否破解裡面的謎題，學會了全脈神功的第三式呢？那個主上又會施展什麼手段來對付志達和陳淑美？他越想越憂心。

「唉！算了，我現在已自顧不暇，先把功力調養好，其餘事先不要想了。」

他在園子裡逛了一會兒，趁天黑之前施展輕功跳上「來青閣」的二樓，進屋歇息。一夜過後，趁白天尚未開園，他便跳出園子，回到車站大樓樓頂，繼續練功養身，就這樣過了兩天。

第三天中午，他運氣調理之後，覺得體力稍有恢復，然而手上的燙傷卻比起前幾天更加嚴重，疼痛難當。

「唉！這藥效太慢，恐怕還得受好幾天的苦頭。不如練習全脈神功，讓經脈健壯起來，至少能稍微緩和這如針刺火燎般的痛楚。」

他起身蹲好馬步，將僅剩的內力集中到丹田，在那兒聚化濃縮之後輸到胃經，從全脈神功第一式開始練起，接著依序把內力推向脾經、肝經、膽經，最後又送到肺經，按照五大神菜所代表的經脈順序鍛鍊全脈神功。

當內力在肺經運行完畢，他準備推向大腸經的時候，突然覺得右手燙傷之處傳來一陣清涼。

咦？他好奇檢視燙傷後的水泡，竟發現比起先前小了一些，疼痛也減輕許多。這是怎麼回事？是全脈神功的療效嗎？居然比燙傷藥還有用？他回想剛才的步驟，發現這一切都是在練完肺經之後所發生的。

「啊！對了，肺主皮毛。醫書上說，肺臟宣發衛氣於皮表，將氣血與津液送到皮膚各處，滋潤皮毛，增強抵抗外邪的能力。」

他如獲至寶，又重新把內力集聚到肺經，把全脈神功第三式打了一回。收功後再看水泡，發現傷口又好了一些。

「太好了，不過不能貪快，免得過度消耗肺氣，反而得不償失。」他勸告自己。

他躺下來望著天空休息，看見一片白雲在眼前悠悠飄過，晴空下飛過一群鴿子，忽然一隻大鳥出現，伸出利爪抓了其中一隻鴿子。鴿子想掙扎卻無法動彈。他定睛一看，那大鳥是一隻大冠鷲，攫了獵物就往山邊飛去，半路一隻體型較小的鳳頭蒼鷹衝上前去，大冠鷲為了對付鳳頭蒼鷹，爪子一鬆，鴿子便趁機脫逃振翅飛去。

「啊！想不到都市裡看得到野生動物，想必是臺北盆地四處是山的緣故。」剎那間他腦中靈光一閃，鳳頭蒼鷹雖然比大冠鷲小一些，但不見得打不過大冠鷲，就好比那全脈神功看似沒有五毒陰功凶猛，卻也不必然無法克制五毒陰功。

再細想，根據中醫五味入五臟的原理，甘入脾，酸入肝，辛入肺，鹹入腎，苦入心。脾經和胃經互為表裡，是同一組的，肝經和膽經也是同一組。從陳淑美的修復狀況看來，全脈神功的第一式來自甘味，能治脾經和胃經；第二式來自酸味，治肝經和膽經。

這裡頭似乎有個規則。每一味可啟發一式神功，而每一式神功可救治一組經脈？如果真是這樣，第三式來自辛味，可治肺經和大腸經。第四式來自鹹味，應可治腎經和膀胱經。第五式來自苦味，可治心經和小腸經。

再說，既然陳淑美的毒傷能靠全脈神功醫治，那麼志達練好全脈神功五式之後，說不定可以對抗主上的五毒陰功？

「不管如何，我應該儘早幫忙志達學會全脈神功，但我又發過毒誓不能直接講出神菜的名稱，該怎麼讓志達得知神菜呢？」湯之鮮來回踱步，尋思解方，「有了！我可以像上回那樣設計出兩組字謎，讓志達自己解出鹹味和苦味兩道神菜。」

他苦思許久，終於想出兩組提示。

鹹味：八寶粥內水火煙。

苦味：冰滴綠咖啡，酒肉在心頭。

他決定即知即行，隨即整理一下服裝，便往安養院出發。

第七章
第四道神菜

志達進入電梯後，根據上回來到繼程家的記憶，按了十五樓。

抵達十五樓後，卻發現電梯口旁的大門上了鎖，打不開。他把耳朵貼在大門上，聽到裡面似乎有人在講話的聲音。

「應該是繼程的阿姨吧？」他輕聲的自言自語。

他轉進一旁的樓梯間，爬上十六樓，但大門同樣上鎖，再上去十七樓和十八樓也是這樣。然而爬上十九樓就不是了，那兒大門是敞開的，一旁掛著「瀟湘煙雨股份有限公司」的招牌。他沒有進去，而是轉回樓梯間爬上二十樓，發現二十樓也是封閉的。他記得繼程說過這兩層樓是家裡開的公司，而且在美國有三家分店，真想不到餐飲事業可以拓展到如此宏大的規模。

他看看手機的時間，一晃眼過了十分鐘，應該去找羽萱了，他便按了電梯準備下樓。

忽然間，身後有道黑影閃過，志達用眼角餘光瞥見後立刻跟過去，看見黑影進入樓梯間並往樓下竄。他急忙施展輕功去追，沒想到黑影速度極快，追都追不上。

來到一樓時，黑影消失，志達赫然聽見羽萱驚慌的叫著：「把手放開，你弄痛我了，把手放開。」

志達循著聲音過去，竟看見電梯口有人抱住羽萱，那人不是別人，正是繼程的阿姨魏虹。魏虹嚷著：「車車還給我，車車還給我，人家要出去玩。」

魏虹身材微胖，舉起雙手便將羽萱整個環抱住，羽萱想用武功大力掙脫，又怕不小心傷了魏虹，因而為難的大叫：「放開我呀！」

志達見狀上前幫羽萱解圍，沒想到魏虹竟然大哭，轉身推了志達一把：

「嗚……你把車車還給人家啦！」

「啊！」志達十分錯愕。

這時電梯門打開，一個年輕婦人推著輪椅走出來，叫說：「怎麼趁我不注意先跑了？」

「她說我們偷了她的車子。」羽萱無辜的說。

「虹虹的車車來了，快來坐。」那位婦人說。

魏虹轉頭看見輪椅，立刻拋下志達坐上去，破涕為笑。「哈哈，我要去郊遊嘍！」

「對！虹虹乖乖坐好，我們等一下就去吃冰淇淋。」婦人又說。

「我不亂跑，我坐車車吃叭噗！」魏虹開心抬頭回望著婦人。

「好，我們準備去郊遊嘍！」婦人安撫魏虹。

志達對羽萱眨眨眼，微笑目送婦人和魏虹從另一個門出去。

這時洪規果站到他們身邊，疑惑的問說：「你們在這兒幹什麼？不是在幫繼程慶生嗎？」

「喔，我們去上廁所，因為……」志達一時心虛，支支吾吾的。

「唉呀，因為廁所裡面有人，志達又尿急，我們想到樓上可能還有廁所，於是想要上樓去找。」羽萱編個藉口搪塞過去，似乎早已準備好說詞。

「結果呢？」洪規果繼續問，「上完了嗎？」

「沒有。」羽萱咧嘴笑著說，「還沒上樓就被魏虹阿姨絆住了。」

「終於找到你們了。」志達和羽萱回頭一看，原來是繼程，「上個廁所也上太久了吧！」

洪規果看到繼程就先離開，志達和羽萱又把剛才的理由說了一遍。

「一樓還有另一間廁所，我帶你們去。」繼程說著帶他們穿過廊道，來到廁所前。

羽萱先進去，志達好奇的問繼程：「我們剛才遇到魏虹阿姨，她的腳受傷了嗎？怎麼會坐輪椅？」

「沒有啦！輪椅像是我阿姨的娃娃車，現在是她的郊遊時間，看護楊小姐都會帶她去公園逛逛。」繼程微笑著說。

志達覺得洪規果頗為可疑，又問：「洪規果副主廚為什麼閒著沒事，坐在廚房門口發呆？」

「不是啦！那是主廚的工作，不用親自做菜，只要其他廚師們做好了菜，給他檢查過關，就能端上桌給客人吃。那本來是我舅舅魏興的工作，現在由洪規果暫代。」繼程解釋說。

「對了，你舅舅的傷勢恢復得怎麼樣？」志達關心的問。

「他受傷不久後，就到我媽那邊去接受治療了。」繼程回答，「我媽去醫院探病時，還開視訊給我們看呢！」

「你是說美國嗎？」志達頗為驚訝。

「是啊。他的傷勢需要高壓氧治療，我爸在美國有位朋友是專門的醫生，介紹我舅舅過去。聽說現在恢復得很好。」繼程說。

「那太好了。」志達欣慰的說。

「我好了。」羽萱走出廁所，「換你了，志達。」

志達進廁所後，羽萱對繼程說：「我該走了。」

「好吧，我知道你還得趕去補習。」繼程無奈的說，「這樣好了，我們先來切生日蛋糕，你吃完蛋糕再走。」

「好啊，那得快喔！」羽萱提醒。

三人回到餐桌前，服務生把插好蠟燭的蛋糕端上來，眾人齊聲唱起生日快樂歌。

「祝你生日快樂，祝你生日快樂……」

唱完歌後所有人一起鼓掌，繼程吹熄蠟燭切蛋糕，分給大家吃。

羽萱大口吃掉蛋糕，然後急忙起身。

「我送你出去。」繼程說。

「不用了，你招呼同學們吧！我送她就好。」志達主動幫忙。

「好，謝謝你。」繼程感謝的說。

兩人走出餐廳大門，羽萱家的轎車已在馬路邊等待。

「怎麼樣？你剛剛上樓探查有沒有什麼發現？」羽萱問。

「沒有，有幾層樓的大門上了鎖，而且時間太短，什麼都沒看到。」

「應該再找機會暗中調查。」

「好。」志達點個頭。

羽萱上車後，志達回到餐廳內繼續慶生，不久聚會結束，客人們紛紛離開，繼程卻留下志達。

繼程滿臉好奇的對志達說：「我聽你和羽萱談論全脈神功的事很久了，卻從來沒看過。我想看看這套神奇的武功，你可以讓我看看嗎？」

「好啊！」志達欣然答應，「吃飽飯來運動一下也不錯。」

繼程開心的領他進電梯，來到位於二十一樓的練功房。志達演練全脈神功一到三式，繼程一邊看一邊讚嘆。

「太神奇了，我第一次親眼見到。」繼程羨慕的說，「可以教我嗎？」

「當然好。不過羽萱學不起來，或許這套功夫不像其他武功一樣，光練會招式就可以學會。」

「我來試試看。」繼程興沖沖的說。

於是志達又打了一次全脈神功第一式，還刻意放慢動作講解。繼程依樣畫葫蘆，卻感覺不到體內有任何變化。志達又教了幾次，繼程一無所獲，最後便放棄了。

「唉！如果還有千年老麵，說不定我吃了就會有充足的內力可以練神功了。」繼程遺憾的說。

「別難過，世上除了全脈神功，還有其他厲害的武功啊。」志達安慰他後，忽然想起第四道關於鹹味的神菜，便問繼程：「據說第四道神菜是鹹味的名菜，湘菜裡面有什麼鹹味的菜嗎？」

「那可多了，湘菜鹹味的菜非常多，一時還真不知從哪一道說起。」繼程說。

「哪一道最重鹹香？」志達急切的問。

「最具代表性的應該是臘味合蒸，裡頭都是醃漬風乾的各種臘肉，包含了臘豬、臘鴨、臘魚、臘羊、臘雞，是最重鹹香味的菜。」

「能不能拿這道菜給我吃看看？」

「好啊！」繼程說完就帶著志達搭電梯下樓，來到廚房。

繼程跟洪規果打個招呼，自己從蒸籠裡拿了這道菜。

志達吃了一塊臘肉，覺得好鹹，忍不住皺著臉大叫：「超鹹的！」

「不會啊！我覺得還好，味道剛剛好。」繼程也拿一塊臘肉吃。

志達臉色一燦，心裡有數。

「該不會是這道菜吧！」繼程驚訝的問，「我來查看看這道菜的典故。」

兩人拿出手機，上網尋找資料，很快得到答案。相傳「臘味合蒸」的發明人叫劉七，是明朝人。

「我這就去試試看。」志達急忙走出廚房，又走出餐廳大門，來到防火巷想敲擊軒轅石。

「等等，我想和你一起去。」繼程跟在他後面追上來。

「回去學神菜可能有危險。你確定？」志達說。

「我不怕，就當成你送我的另一個生日禮物。」繼程說。

「好，你靠到我身邊。」志達大方的答應，然後拿出軒轅石和鐵湯匙，大聲說：「雷金流火，天地玄黃，元祖叱吒，萬古流芳，天清清，地靈靈，全脈神功，請示薪傳——」志達敲擊軒轅石，大喊：「臘味合蒸……」

剎時青色火焰拔地而起，火光衝天，空中飛出一頭青熊大吼，繼程看得目瞪口呆，驚訝不已。

不過這景象也讓遠處的一團黑影看見了，那黑影急忙跑去找主上。

第八章 噬血魔的詭計

「吼！」青能竄上空中，純青的火焰也瞬間燃盡。

「哇！好壯觀的場面，我雖然聽你和羽萱說過，卻沒想到這麼震撼。」繼程抬著頭不停的眨眼睛，驚訝的說。

「同樣是第一次，你可比羽萱和安南鎮定多了。」志達誇讚他。

「那當然，我是來觀光的呀！」繼程調皮的說著。

志達笑了笑，然後環顧四周，只見他和繼程換上了古裝，站在一座大城池的外面。這座城不知多大，只覺得一眼看不到城牆的盡頭，而城邊緊鄰一條護城河，又寬又深，看不見底。轉身再看，眼前是一整片的農田，農田裡不見農作物，卻覆蓋著薄薄的白雪，再過去是脫去綠葉的雜林，林後隱約可見平緩的丘陵。太陽斜射，天氣寒涼，風一吹來讓人禁不住拉緊衣領。

「哇！好雄偉的城牆，在寬廣的天地間，景色如詩如畫，空氣又清新，太棒了！」繼程第一次來到古代，對任何事物都感到新奇。

「現在應該是冬天。」志達指著地上的白雪說。

「真有趣！」繼程開心極了。

他們四處張望，看見穿著官服的人和一位老農婦在農舍旁拉扯，便好奇的過去查看。

「大人，你不能再拿了，求求你。」老農婦哀求說。

「只不過拿你幾顆大白菜，你也敢反抗？」官兵強悍的說。

「不，你已經連來三天，我這十幾顆留著過冬用的大白菜，都快被你搜刮光了。」老農婦跪下來懇求。

「少囉唆！」官兵一腳把老農婦踹開。

「危險！」志達飛奔過去，扶住老農婦，使她不至於摔在地上。

「豈有此理。」繼程感到氣憤，衝過去對官兵施展棋拳。

「哪來的野孩子？」官兵丟下手上的大白菜，跟繼程打起來。

兩人對打幾招，沒想到那官兵頗有功夫底子，繼程漸漸不敵，最後失去重心，跌了一跤。

「再管本大爺的閒事，就把你抓去牢裡關起來。」官兵語帶威脅，接著撿起大白菜就要離開。

「站住。」志達大喝一聲，一個箭步過去，抓住官兵的右手，將丹田的內力傳到他的經脈。官兵立刻像觸電一般全身抖動，翻起白眼，手上的大白菜掉落地面。

三秒之後，志達放手，但官兵仍嚇得說不出話，隨即驚恐的落荒而逃。

看官兵逃走後，志達回頭關心的問老農婦：「老婆婆，你有沒有受傷？」

「沒什麼大礙，就是左邊肩膀有點疼。」老農婦嘆口氣，揉著肩膀。

「讓我看看。」志達運功，把內力集中在右掌，然後搭在老農婦的左肩上。

「唉唷！」老農婦感到一股痠麻刺痛竄入肩頭，痛得大叫。

「對不起弄痛你了。」志達安撫她，又轉頭問繼程：「你有沒有怎麼樣？」

「我沒事。」繼程已經站起來，拍掉身上的灰塵。

「咦，竟然不痛了。」不過才一眨眼的功夫，老農婦咧開嘴笑了。

「你手上那條筋被官兵踹傷，但我已經把它修補好了。」志達鬆開手，高興的說。

「謝謝你，謝謝兩位小哥。」老農婦感恩的說。

「那個官兵常來欺負你嗎？」繼程關心的問。

「聽說是幾天前的慶典上他跟人聚賭，把俸銀花光了，才來拿我的菜蔬去賣錢。」老農婦哀怨的說，「第一天我沒計較，誰知道這傢伙天天都來。我上個月採收的莊稼已經不多，上繳給地主大老爺之後，只剩十幾顆大白菜可以過冬，他要是拿光了，我可怎麼活？」

「什麼慶典？」繼程一聽興致高昂，「我們運氣真好，碰上了慶典。」

「兩位小哥是外地來的吧？」老農婦微笑說，「五天前臘月初一，是『赤焰大仙』的千秋盛會，信眾們扛著赤焰大仙的神轎在附近十九個村鎮巡行，每到一處都是人山人海，熱鬧極了。」

「好可惜，我們來晚了。」繼程遺憾的說。

聽到「赤焰」兩字，志達不禁想起主上現身時那紅色的火焰，心中不免嘀咕了一下。「為什麼叫做赤焰大仙？」

「聽說是火裡頭跑出來的神仙，除魔救世呢！」老農婦指著城牆說，「那不，長沙城裡就有一間供奉大仙的小廟，香火旺盛得不得了。」

「老婆婆，那赤焰……」

志達還要問下去，卻被繼程打斷。

「我們是來找神菜的。」繼程轉身問老農婦，「老婆婆，你有沒有吃過臘味合蒸？」

志達心裡一愣，心想：不是這樣的。繼程顯然是誤解了學習武功心法的順序。

「小哥，你說那是什麼？我沒聽過。如果說是臘味，那我吃過的可多了，臘豬、臘牛、臘羊、臘雞、臘魚，舉凡抹上粗鹽風乾煙燻的臘味我都吃過。」老農婦先是困惑，接著又感嘆的說，「可惜前幾年兵荒馬亂，田裡的莊稼沒能收成，更別說有肉可吃。我這窮婆子已經好久不知道肉的滋味，只有城裡的有錢人能醃製臘肉呢。」

「這長沙城的城門在哪兒？」繼程又問。

「你們沿著護城河走就能看到北城門了。」老農婦指著前方說。

「好了，我們快走吧。」繼程拉著志達快步離開。

志達邊走邊回頭，看到老農婦對他們揮手，他也揮手告別。

「志達，你真厲害。」繼程敬佩又崇拜的說，「羽萱有看過你幫人治病嗎？」

「我不會幫人治病啦，只是運用武功的內力。」志達謙虛的說。

兩人很快來到北城門，走過護城河上長長的橋。

進城之後，看到街道上滿是人潮，到處是商家攤販在做生意，人們逛街挑選商品，討價還價，人聲鼎沸。有些人穿著華麗整潔，有些人則是粗布衣裳，更有不少人衣著破爛，甚至坦胸露腹，打著赤腳，來回穿梭乞討。

茫茫人海，他們卻不知何去何從。

「長沙城這麼大，我們怎麼找到臘味合蒸呢？到餐館去嗎？」繼程急切的問。

「不要急，依照以前的經驗，我們不必去找，這道菜會自動找上門來的。」志達安撫他說。

「真的嗎？有這麼好的事？」繼程半信半疑。

「走吧，留意身邊的人事物，隨時都有可能發現神菜。」

「好。」繼程警醒起來，試圖把耳朵、眼睛、鼻子都點亮。

他們走入人群中，繼程馬上被攤販的商品吸引，有人賣菜、賣肉，還有賣字畫、繡品、乾貨的，各色商品琳瑯滿目。

「哇！竟然有人賣蜥蜴乾，還把十隻蜥蜴尾巴綁起來一起賣。」繼程訝異的指著一個小販的商品說，「這能吃嗎？蜥蜴沒什麼肉啊！」

「大概是藥用的吧。」志達猜測的說。

「小哥，這叫蛤蚧，可以補肺益腎，平喘補陽氣。」小販聽到他們的對話在一旁解釋，「要不要來一些？」

「不要，不要。」繼程連忙揮揮手。

「繼程你看，那邊有人在耍猴戲，我們去看看。」志達對繼程說。

「好啊！在哪裡？」繼程踮起腳尖，興致高昂的問。

「好心的大爺，可憐可憐我吧，我已經三天沒吃東西了，給我點碎銀子吧！」忽然一個癩痢頭的小乞丐攔住繼程，苦苦哀求說。

「碎銀子？」繼程感到錯愕，但仍認真的對他說，「我沒有銀子，事實上我什麼都沒有，你找錯人了。」

「好心的大爺，不瞞你說，我剛剛聽到你們說要找臘味合蒸，我知道哪裡有賣那東西。」小乞丐說。

「真的？在哪裡？」繼程感到幸運極了。

「你跟我來。」小乞丐說著便往巷子裡跑去。

繼程見機不可失，顧不得志達不在身邊，便跟在小乞丐後頭前進。

另一頭，志達來到耍猴戲的攤子前，看到耍猴人一會兒叫猴子給自己戴帽子，一會兒叫猴子倒立、翻斛斗，贏得滿堂喝采，志達也看得興味盎然。不久耍猴人開始賣起膏藥，志達就沒興趣看了。

他原以為繼程就在身邊，誰知左看右看不見繼程的蹤影，只得回頭去找。

「臘味合蒸！臘味合蒸！新菜上市，一兩銀子一缽。」一個矮胖的中年男子穿梭在人群中，頭上頂著一個托盤，盤上放著三個小陶缽，沿路叫賣。

「太貴了，臘肉自己醃製就好了，這麼貴誰會買呀？又不是傻子。」路過的人聽了都嫌惡的說。

只有志達一聽喜出望外，他擠過人群，來到男子面前，心想這個人很可能就是這道菜的發明人，因此客客氣氣的說：「這位大哥，我想吃這道菜，可是沒有錢。不過我願意幫忙做菜和叫賣，用來支付這道菜的錢，可以嗎？」

「小兄弟，別叫我大哥，叫我劉七就好。」

「好，劉七。」志達心中大喜，沒想到這次那麼幸運。

「我看你是個識貨的行家，這樣好了，看在你這麼有誠意的份上，我免費請你吃一缽，不用錢。」劉七大方的說。

「真的嗎？謝謝你。」志達感激的說。

「來來，這兒人潮太多，我們到旁邊去，免得讓人撞壞了我的生財工具。」

劉七把志達帶到旁邊住家的屋簷下，取下頭上的托盤，然後打開一個缽蓋。臘味香氣頓時撲鼻而來，志達忍不住吞了口水。

「不知道這是怎麼做的？」志達好奇的問。

「你先吃，吃了我再告訴你作法。」劉七親切的說。

「好。」志達手邊沒有筷子，只得直接用手指掐起一塊臘肉送進口中。

「好吃嗎？」劉七笑瞇瞇的問。

「嗯……」志達想回答，卻覺得胸口緊縮，心跳狂速，急忙摀著心口。

「咳！」一口鮮血猛然從他口中噴出，他還來不及驚嚇，瞬間感到天旋地轉，眼前一黑，雙腿一軟，就什麼都不知道了。

第九章
獨臂乞丐捨身相救

繼程跟著小乞丐走進巷子，怎知小乞丐竟然快速奔跑起來。

「喂！你慢一點，等等我呀。」繼程呼喊他，並且快步追上去。

小乞丐不理會他，逕自穿街走巷，竄過另一條大街的人群，跳過一道矮牆，一下子就不見蹤影。

「太過分了，簡直在耍我。」繼程忿忿的說，「這下糟了，到哪裡去找志達呢？」

他懊惱的抓抓頭，只得折回去原來的大街上。

那個賣臘味合蒸的劉七一見到志達中毒昏迷，連忙蹲下來把托盤丟在地上，陶缽摔碎了也不顧，直接伸手到志達的懷裡，搜尋一會兒後拿到了軒轅石，得意的笑說：「哈！這麼簡單的事，我怒豺不費吹灰之力就成功了，真不知道狂狼和瘋豹怎麼會辦不好，還丟了性命，真是兩個蠢蛋。」

繼程終於在大街旁發現志達，沒想到志達躺在地上，昏迷不醒，而且一旁有個男子拿著志達的軒轅石。

「住手！」繼程急忙喝止，「把石頭放下。」

「嘖！那個小乞丐不是把你引開了嗎？」怒豺驚訝的說。

「看我的磅礡鳳梨拳。」繼程見對方不交出石頭，便憤怒的展開攻擊。怒豺縮手格擋，見繼程來勢洶洶，退一步擺起架勢。「我只是要他身上的石頭，你別逼我出手。」

繼程不理會他，繼續出拳。一個鳳梨拳揮中怒豺的下巴，怒豺痛叫一聲，也出手打回去。

怒豺出拳雖猛卻缺乏招式，繼程很快看出來此人沒有功夫底子，因此竭力進攻，分別在他頭上、胸口都打了兩拳。怒豺連連挨打，終於受不了疼痛大吼一聲，隨即變身為一頭高大凶猛的大豺，一張血盆大口朝繼程的手咬去。

「這是……」繼程大驚，急忙縮手。路人看見也驚駭喊叫，紛紛躲避。

大豺騰空而起又俯衝下來，繼程嚇得倒退三步。眼看尖牙利齒就要咬上繼程的肩膀，此時一個身影竄到他面前，一根棒子落在大豺身上。

「啊！」大豺痛叫一聲，發狠反擊，把滿口長長的尖牙猛往那個人上身咬去。那人急忙後退兩步，緊接著揮舞著手中的棍棒，頻頻朝大豺的頭部猛打。

那個人有時握住棍棒的中心點旋轉，有時正握一端去揮打，那棍棒因而看起來忽大忽小，快慢多變，好似孫悟空手中神奇的金箍棒。大豺挨了打急忙閃躲，卻被那俐落的身子和攻勢阻擋，跑不出半徑三尺外。他張嘴去咬那個人，可惜空有銳利的尖牙，卻近不了對方的身子。

那個人變換姿勢與動作，把棍棒揮舞得虎虎生風。那棍棒是木頭做的，卻因反射了陽光而顯得銀光閃閃，有如刀光劍影，讓人望之膽寒。大豺不只頭部受創流血，連腹部和胸部也遭受棍棒攻擊，疼痛難當，軒轅石因此離了身掉落地上。

「主上！快救我，主上！」怒豺終於受不了，哀聲叫著。

剎時一股陰風從空中吹來，拿著棍棒的男人感覺不對勁，連忙閃開。就這一小步，讓怒豺得空脫身，竄上屋頂，緊接著屋頂噴出紅色的火焰，一團紅牛形狀的火焰在上頭繞圈，怒豺便消失無蹤。

「赤焰大仙！」一旁圍觀的路人欣喜的大叫，跪下來對空中虔誠膜拜，並且高聲呼喊：「赤焰大仙，除魔救世。赤焰大仙，除魔救世……」

「唉呀，快看！」其他群眾像著魔了那樣，全都張大了眼睛嘴巴，驚喜萬狀的趴下來，同聲高呼：「赤焰大仙，除魔救世。赤焰大仙，除魔救世……」

「這是怎麼回事？」繼程愣在原地說不出話。

接著他看向拿了棍棒的男人，發現他衣衫襤褸，蓬頭垢面，一頭亂髮彷彿壞掉的拖把，簡直就是個「資深遊民」。而且他只有左手拿棍棒，右手臂的地方空蕩蕩的。原來是一位獨臂的乞丐，真想不到他功夫那麼厲害。

繼程雖然欽佩此人的武功，但是看他骯髒的模樣，心中有些反感，接著又回頭看志達，發現他嘴角冒著鮮血，臉色黑青，心裡一驚，連忙過去搖他的身體。「志達！志達！你醒醒，你怎麼了？」

志達一點都沒有要清醒的跡象，繼程慌張的流出眼淚。

「你的朋友中毒了。」那個獨臂乞丐對他說，「剛才我經過附近目睹一切。不過現在妖怪已經被赤焰大仙抓走了，你可以放心，妖怪不會再來了。」

「可是我的朋友怎麼辦？請你救救我的朋友。」繼程懇求的說。

獨臂乞丐靠到繼程身邊輕聲說：「三日下廚房，洗手做羹湯。」

繼程一愣，連忙抹去眼淚：「誰知盤中飧，粒粒皆辛苦。」

「琴棋書畫詩酒花。」獨臂乞丐又說。

「柴米油鹽醬醋茶。」繼程笑著說。

「你叫什麼名字？」

「我叫李繼程。」

「很好，我叫做粘六。」

「我是官灶派的，大哥你是民灶派的嗎？」繼程看男人衣著破爛，身體髒亂，因此這樣猜測。

「別亂說，我是丐幫的人。」粘六說，「你也別叫我大哥，就叫我粘六吧。」

「丐幫？跟那個小乞丐一樣。」繼程剛才被小乞丐耍了，這時不免生起戒心，「那你怎麼會知道我們灶幫的暗號呢？」

「老實跟你說無妨，我以前確實是民灶派出身，後來才轉入丐幫。剛才我是認出你的鳳梨拳，猜出你的身分，念在曾經同是幫員的份上才出手幫你。不過你不要跟別人提起這件事，尤其不能讓丐幫中人知道，否則惹來閒言閒語，徒增是非。」粘六謹慎的交代。

「我知道了。」繼程聽那人談吐不俗，對他多了幾分敬意。

「你的朋友臉色發黑，像是中了毒，這大街上人來人往的，我帶你們到安靜的地方，仔細幫他檢查。」粘六好意的說，並把手中的棍棒交給繼程，「你幫我拿著。」

繼程接過棍棒，像是在大海中漂流時抓到一根浮木，生出得救的希望，旁人指指點點的不知說些什麼，他都不在乎。

粘六蹲下來單手一抱便把志達扛在肩膀上，接著大步往前邁去。一隻瘦弱的白狗尾隨在後面，搖著尾巴。

「啊！對了，軒轅石呢？」繼程回想起剛才打鬥的經過，記得石頭掉到地上，應該沒有被大豺拿走，連忙低頭尋找。可是找來找去，卻不見石頭的蹤影，「糟糕！石頭不見了！」

繼程看著粘六已經走遠，只好放棄尋找，急忙追上去。

粘六抱著志達來到一處偏僻的巷弄，他輕輕放下志達，凝神專注的替志達把脈，然後說：「你的朋友中了奇毒，腎經和膀胱經都受到傷害。」

「求求你幫忙醫治我朋友。」繼程懇切的求著。

「我沒有能力醫治他，不過我可以先為他運功，阻擋毒血流入其他經脈，這樣的話他暫時不會有生命危險。」

「拜託你了。」繼程著急的說。

粘六讓繼程把志達扶坐好，然後單手在他背後運功。只見一道紅光從粘六手臂傳入志達背後，志達發黑的臉色漸漸轉紅，臉上冒出豆大的汗珠。

半個時辰過去後，粘六停手收功，緩緩的說：「嗯，可以了。他現在身體還很虛弱，讓他休息一陣子便會清醒了。」

繼程聽完鬆了一口氣，懸在心上的大石終於放下了。他讓志達躺平，自己也坐在地上歇會兒。

粘六走到牆邊坐下，閉目養神，三人安靜無聲，卻見一旁有隻小白狗依偎在粘六腿上。繼程這才發現粘六有養狗，想必是剛才太緊張，沒有留意到小狗的存在。

「咕嚕！咕嚕！」

原先緊繃的神經放鬆下來，繼程的肚子便餓得咕嚕叫。

粘六聽見了張開眼睛，他看看繼程，拿出懷中的半張粗餅，撕下一小塊餵給小狗吃，其餘的全遞給繼程說：「你餓了吧？吃點東西。」

繼程看那張餅十分粗鄙，粘六的身子又髒，猶豫要不要接過來，可是他肚子確實餓了，便說：「有沒有其他東西？最好有碗熱湯，我最喜歡皮蛋瘦肉粥了。」

粘六雙眼一瞪，錯愕的說：「原來是個官家少爺呀！哈哈，就算真的有你說的美食，我也不會留給你。我這兒只有昨天乞討來的半張粗餅，要不要隨便你。我數到三，你若不想吃，我就把它吃掉了。一、二……」

「我吃！」繼程急忙說，並且把餅拿過來，委屈的吃起來。

沒想到那餅真的很難吃！裡面不知道是汗臭味還是餿味，完全沒有麥子香，口感非常粗糙，還夾雜著碎石子。繼程還沒吃進去就想吐出來，但為了止飢只得勉強吞進肚子裡。

粘六一邊打開隨身的葫蘆，給志達嘴裡灌點水，一邊看到繼程嫌惡粗餅的臉色，忍不住說：「你這不知好歹的傢伙，這半張粗餅我原來打算分成三天吃，現在全讓給你吃，你還敢嫌棄？」

「對不起。」繼程挨了罵覺得很無辜，溼了眼眶，又不忘對粘六說：「謝謝你。」

「別謝了，今天已經沒東西吃了，明天開始你得自己去乞討食物，我可是泥菩薩過江，自身難保。」粘六鄭重的說。

「啊？討東西來吃？怎麼可能？我們家是開餐廳的，怎麼可能跟遊民一樣去跟人家乞討，我又不是乞丐。」繼程忿忿不平的說著。

「呵呵！這些話你就留著等哪天回家時再說吧！我現在要去乞食了。你好好看著你朋友，別讓野貓、野狗、野鼠來咬了他。」粘六說完站起來，拿起那根棍棒便轉身要走。

「你拿棍棒是要去跟人打架嗎？」繼程認真的問。

「這是打狗棒，丐幫人手一支。」粘六把棍棒一轉，一個刀刻的「丐」字赫然出現在一端，「明天你去路邊撿一支，要不就自己爬到樹上折一支。」

「要做什麼？」

「這樣好不容易討到東西吃的時候，若是出現野狗來搶食，可以用棍棒趕走……」

粘六還沒回答完畢，忽然從巷子口跑進一個小男孩，高聲嚷嚷說：「在這裡！他們在這裡！」

這話剛說完，十幾個衣衫襤褸的乞丐衝了進來，裡面有男有女。

「啊！是剛才把我耍得團團轉的小乞丐。」繼程一見到他，生氣的問：「小乞丐，你為什麼要騙我？」

「不甘我的事，是一個托著陶缽的男人給我碎銀子，叫我把你帶進巷子的。」小乞丐說。

「廢話少說。」當中一個年紀較大的乞丐站出來說：「粘六，你把食物送給外人吃，分明是犯了幫規。」

「我們乞丐能討來的錢財食物本來就不多了，你多帶兩個人來，叫我們喝西北風嗎？」另一個乞丐說。

「大家同情一下這兩位落難的小兄弟，我不過短暫接濟他們，明天開始，我就會帶他們去乞討，也會勸他們加入丐幫的。」

「不行不行，這長沙城已經有太多乞丐了，僧多粥少，大家每天餓著肚皮，怎麼還能讓外人來瓜分食物呢？」又一個乞丐說。

「把他們趕出城去。」小乞丐大聲的說。

「對！趕出去！趕出去！」眾乞丐紛紛應和。

「眼看著太陽就要下山了，要是把他們趕出城去，不被山上那些豺狼虎豹吃掉才怪。」粘六編造理由說：「老實跟你們說，我剛才跟這位小哥聊天，發現他是我的遠房親戚，同是天涯淪落人，就請大家高抬貴手，放過他們吧！」

「什麼遠房親戚？就是皇親國戚也是一樣。」其中一個乞丐大叫：「攆出城去！」

「別過來，不然我可不客氣了。」粘六叫說。

「汪汪汪！」小白狗知道主人生氣了，也跳起來準備戰鬥。

「太好了，把那隻狗搶來加菜。」年紀最大的乞丐叫囂著。

眾人一聽振奮起來，啊的一聲便舉起棍棒打過來。繼程一看苗頭不對，急忙站起來擺好官灶派功夫的架勢應戰。

第十章 乞丐真難當

怎知一陣亂棍齊飛，繼程雖然擋下了幾招，踢了幾個人，但是手腳一再遭到棍棒劈打，痛得受不了。一旁那粘六功夫不得了，每回出手都能擋住對手的攻勢，並且還能用棍棒的頂端去點對手的穴道，其中三人因此被制伏在地，無法動彈。

慌亂中，小白狗不知被誰砸中了頭部，應聲哀叫，粘六正在跟人打鬥，急忙撥開對方的棍棒去救心愛的寵物。無奈當他把小白狗抱回懷中，發現牠鼻孔和耳朵流出鮮血，已經斷氣了，粘六傷心欲絕。

「啊！」他怒火攻心狂吼一聲，怒目齜牙的發起狠來，像是鬼神上身般的耍起棍棒，朝那幫乞丐揮打。

「天哪……救命……」那群人完全不是他的對手，一下子被打得落花流水，個個倒地不起。

「現在開始，誰敢再為難我的人，我絕不會手下留情。聽到了沒有？」粘六威嚇他們。

「是是是……」乞丐們頻頻點頭回應。之後乞丐們爬的爬，滾的滾，動不了身的就讓別人拖著，急急逃出巷子。

「嗚……」趕跑了那群人，粘六癱坐在地上，抱著愛狗痛哭失聲。

「嗚……」倒在地上的繼程也哭了，因為他的雙腳也被人亂棍打傷，痛得不得了，完全無法行走，只能痛苦的哀號。

這時空中飄下雪花，一陣淒冷的感覺在空中飄蕩。

「我心愛的老狗，陪伴我多年，今天卻為了保護我而死。」粘六抱著小白狗站起來往前走。

「你要去哪裡？」繼程問。

「我要好好安葬牠。」粘六說完就離開了。

漫天雪花紛飛，繼程卻忘了寒冷的感覺，看著粘六離去的背影，又看著昏迷的志達，感到非常徬徨無助。

從剛才一直昏迷不醒的志達，這時卻被吵鬧聲喚醒了，他慢慢的張開眼睛，看看四周，困惑的問：「這裡是哪裡？」

「啊，你醒了。」繼程掙扎著爬到志達身邊。

「我怎麼會躺在這裡？」志達又問。

「是粘六，他說你中了毒，好心收留我們，但剛才卻出現一群乞丐想把我們趕出城外……」繼程忍著腳痛，把事情的經過告訴志達。

「聽起來，是那個賣臘味合蒸的男人對我下毒。他自稱劉七，八成也是假冒的。」志達難過的說，「可是他為什麼要把你引開？難道那男人是針對我而來？」

「應該沒錯。我發現你的時候，你已經躺在屋簷下，身邊圍著一堆人，可是最後只有粘六出手幫忙。」

「我們剛來到明朝，怎麼就有人想害我？難道那個下毒的人是噬血魔假扮的？」

「我沒看過你們說的噬血魔，但是他後來變成一隻大豹。」繼程回憶著說，「粘六出手阻止妖魔，但空中卻突然出現大火，接著大豹就不見了。他們說那是赤焰大仙下凡來除魔救世……」

「赤焰大仙？應該是主上才對吧！」志達萬分狐疑，連忙去摸懷裡的軒轅石，立刻驚叫，「啊，石頭不見了！」

「那隻大豹拿了你的石頭，後來粘六出手阻止他，石頭掉到地上。我顧著看他們對打，等到回過神再去找，軒轅石已經不見了。」繼程充滿歉意的說。

「真糟糕，這樣我們就回不去了。」志達的語氣中透出驚恐和慌張。

「對不起。」繼程紅了眼眶，淚水在裡面打轉。

「沒關係，你也不是有意的。我相信天無絕人之路，我們一定會找出辦法的。」志達打起精神安慰繼程，又說，「你說的那個粘六在哪裡？」

「剛才在打鬥中，他的狗被人打死了，他去埋葬小狗。」

「你怎麼趴在地上？手和腳都是傷。」

「是剛才被那群人用棍棒打傷的。」繼程哽咽的說。

「你坐好，我來幫你療傷。」志達慢慢坐起來，想到繼程背後發功，但才想把氣集中到丹田就發現力有未逮。「咳！咳！咳！」

「怎麼會這樣？」志達鎮定心神，重新運氣再來，沒想到卻咳得更厲害了。「咳！咳！咳！」

「你剛剛醒過來，不要勉強。」繼程勸他說。

這時粘六回來了，繼程連忙跟志達介紹：「這位就是我們的恩人，粘六粘大哥。」

「粘大哥，謝謝你救了我。」志達感激的說。

「你醒了，很好。」粘六悶悶的說著，走過來檢查繼程的腳傷，然後擔憂的說：「你左腳的筋被打傷了，休息兩天就會慢慢消腫，但右腳傷到了骨頭，需要時間慢慢復元，這段期間不能走路，否則右腳就要廢了。」

「我剛才想幫繼程療傷，卻完全使不上力。」志達嘆氣的說。

「你站起來看看。」粘六對志達說。

這時雪停了，志達勉強站起身，感覺自己下腹部一陣悶痛，不自覺的搗著痛處，身體前彎，連站直身體都做不到，只能彎著腰駝著背，像老態龍鍾的老人一般。

「你中了奇毒，傷了腎經和膀胱經，間接也傷害了筋骨。那些毒還殘留在你的身體內，沒有排出來，你千萬不要再運功動氣，否則經脈會有斷裂的危險。」粘六說完，轉而問繼程：「剛才給你的那張粗餅呢？吃完了嗎？」

繼程往四處張望，然後指著前方地上，「在那兒。」

粘六過去撿起來，交給志達說：「吃吧！吃了才有體力，我這兒有水。」

志達望著沾滿塵土的粗餅，猶豫起來。

「這餅雖然不好吃，但能補充體力，你就吃一些吧！」繼程勸慰他說。

「好。」志達輕輕咬了一口有沙土和怪味的大餅，為了補充體力只能勉強囫圇吞下肚。

「本來我要讓繼程留在這兒照顧你，現在你醒了，就隨我去乞討吧！」粘六對志達說。

「乞討？」志達驚訝的問。

「當然，不然哪裡有東西可以吃？」粘六理所當然的說。

「你是乞丐？」

「哈，難道你看不出來嗎？」粘六兩手一張，秀出一身破爛髒汙。

「在這長沙城裡，沒有正常的工作可以做嗎？」志達又問。

「正常的工作？你指的是什麼？」粘六笑著問。

「我會做菜，可以到餐館酒樓去當廚子，或者是跑腿、打雜的，都好過當乞丐呀！」志達認真的說。

「哦？」粘六走到一旁拿了一顆壘球大小的石頭過來，「你捧著。」

志達伸手去接，瞬間身子前傾，石頭落地，人也摔在地上。

「這種身體怎麼去當跑堂？更何況是廚子！」粘六搖頭說，「如果不想餓死，就跟我去乞討吧！人家看到你彎腰駝背，一副病懨懨的樣子，說不定會多施捨一碗粥給你。」

「我……」志達看著不能走路的繼程，又想想自己的身體，只好點頭，但又不放心的說：「可是繼程一個人在這兒，會不會有危險？」

「你別擔心，剛才我已經教訓過那幫人了，他們暫時不敢再來騷擾他。在這長沙城裡，我雖不是丐幫的老大，但也是響噹噹的人物。」

「可是，當乞丐很丟臉……」志達猶豫著說。

「拉下尊嚴去向人乞討，確實不容易。但一回生，二回熟，只要練習個幾次，臉皮厚一點，嘴巴甜一點，把尊嚴先拋在腦後，等你吃到好吃的東西，就知道面子雖然重要，但是肚皮更重要，一切的委屈都是值得的。」粘六繼續說，「回想我第一次開口向人乞討，那個給我東西吃的官夫人還說，你的臉怎麼紅得像蒸熟的螃蟹？害我恨不得找個地洞鑽進去。」

「那現在呢？」志達好奇的問。

「我都已經當了好幾年的乞丐了，現在當然習慣了。」粘六乾脆坐下來，把打狗棒擱在地上，「我這就教你們唱《乞丐歌》，過兩天繼程腳傷好一些，也要一起去乞討。」

「我才不要當乞丐。」繼程不高興的說。

「你還真嬌貴。難道你要一直依賴志達當乞丐來養你嗎？」粘六責備說。

繼程一聽啞口無言。

「聽好了，《乞丐歌》不好唱的。」粘六清清喉嚨，開始用悽愴的語調唱起來：

慷慨的大爺啊，求求您，我已經餓得沒力氣，
請可憐我無靠無依，施捨我一點東西。
佛祖會保佑好心人啊！
保佑您多福多祿多壽，子孫三元及第，
天天發大財賺大錢，大吉大利……

「來，學著唱。」

志達和繼程不停眨眼吞口水，把頭垂得低低的，完全不敢開口，只見粘六豎起眉毛，面露不悅之色。

「你們這兩個小子，別指望我會討東西回來給你們吃。我為了收留你們，跟幫裡的人翻臉，還失去了我最心愛的狗兒，你們卻一副事不關己的樣子。算了！忘恩負義的人我也不是沒看過，想不到今天一次遇到兩個，算我倒楣，你們好自為之吧！」

粘六說完就要離開，志達覺得自己不該辜負粘六的好意，站起來說：「等一下粘大哥，我跟你走。」

「志達，你不要去……」繼程望著志達不捨的說。

「可是，我們現在都受了重傷，不乞討怎麼有東西吃呢？」志達無奈的說。

「嗚……」繼程流下無聲的眼淚。

「好，你跟在我後面，一邊看一邊學。」粘六對志達說，「不過你的衣服太新太乾淨，恐怕無法引人同情，來，看我的。」

粘六伸手把志達的衣服扯破，又在地上抓些爛泥巴，塗抹在他衣服和手腳上。不久志達變得衣衫襤褸，亂髮垢面，加上因為中毒彎腰駝背，如果不出聲，還真像個骯髒的小老翁。

他們一同上街，粘六沿門托缽，彎腰哀求說：「好心的大爺，求求您們施捨一點飯菜給我，我已經三天沒有吃東西了。請您們大發慈悲，老天爺會保佑您們的。」

「走開！走開！」

「滾！」

「不要來囉唆！」

他們連連遭到拒絕，甚至被人驅趕。

「他們一定是看你不夠可憐，才不肯給我東西吃。」粘六抱怨著說，「你也說幾句乞憐的話吧！」

「我……我說不出口。」志達靦腆的說。

「那就等著讓你的朋友餓肚子吧！」粘六不以為然的說。

志達想到了繼程，只好鼓起勇氣，低著頭去敲一戶人家的門。

第十一章 傳說中的赤焰大仙

「誰啊？」大門打開，一個年輕婦人探出頭，「你找誰？」

志達聞到屋裡飄出一陣米飯香，肚子也咕嚕咕嚕叫起來。

「那個……」志達漲紅臉，吞吞吐吐的說，「大嬸……不知道能不能跟你要點東西吃……」

「唉呀，我以為是誰呢，原來是個小乞丐。」年輕婦人毫不同情的說，「走開走開，我忙著做飯，別來煩我。」

第一回乞食卻遭到拒絕，志達心中更覺失望。

「天色不早了，看來今天是沒指望了，明天繼續乞討吧！」粘六走過來說，

「有個地方或許還有東西吃，我帶你過去碰碰運氣。」

「好。」志達難過的點點頭。

粘六帶他在街巷裡繞來繞去，最後停在一個大戶人家的後門。

「這裡是長沙知府的宅邸，他是個大貪官，素日裡錦衣玉食，常有許多餿水。平常大家在街上行乞，如果真的沒討到銀子和食物，都會來這兒拿餿水。」粘六熟悉的說著。

「餿水？」志達的胃中翻攪出一陣噁心。

「我們這麼晚才來，不知道還有沒有呢？」粘六把頭探進一個大木桶裡，然後驚喜的說：「運氣太好了，還有一些。」

「那種東西怎麼能吃？」志達質疑的說。

「怎麼不能吃？沒東西吃的時候，餿水也是寶。丐幫以前就叫做『餿水派』，流傳許多料理餿水的方法，能夠填飽肚子。」粘六理所當然的說著。

志達沒有回話，粘六急忙把陶缽裝滿後，帶志達回去找繼程。

他沿路叫志達撿拾一些枯樹枝，等回到剛才的巷子，就用三顆石頭把陶鉢架起來，底下燒樹枝來煮餿水。陶鉢裡的餿水加熱後，一股酸臭味從裡面傳出來，志達和繼程面面相覷，不發一語。

不多久陶鉢裡冒出滾燙的泡泡，粘六說：「可以吃了。」

志達和繼程都搖頭。

「煮滾後吃了就不會拉肚子，雖然味道不好，但是可以填飽肚子，不至於挨餓。」粘六自己先拿了根小木杓舀一口，吹涼後喝下肚，咧開嘴說：「呵，好吃的粗餅讓給你們吃了，這是我今天的第一餐。」

粘六看他們沒有動靜，便不再多說，直到剩下一半又說：「我飽了，剩下這些給你們。我先說，今天沒有其他東西了，明天也不知道有沒有下一餐，你們如果不吃就準備挨餓吧。」

繼程聽完拿起木杓，舀了一點起來，但一股酸臭味立即竄入鼻腔，他嚇得把木杓放回陶鉢裡。志達覺得反胃，也就不嘗試了。

這一夜兩人餓著肚子在粘六的鼾聲中度過，繼程想著家裡美味的湖南菜，不停的吞著口水，心中酸酸的。志達則擔憂著該如何突破眼前的困境？兩個難兄難弟一個中毒一個受傷，軒轅石又不知丟在哪裡，這樣下去怎麼去找臘味合蒸呢？

隔天上午，粘六又帶志達沿路乞食，這一回志達想開了，主動開口唱：「慷慨的大爺啊，求求您，我已經餓得沒力氣……」

唱著唱著，志達被歌詞中悲慘的情境所感染，不禁眼眶泛紅，流下熱淚。可惜兩人沿路乞討了半天，仍然一無所獲。

兩人不知不覺走到一片樹蔭下，頓時感到陰暗寒冷，抬頭一看，發現這棵老松樹極為粗壯，得要十個成年人才能將它環抱起來。樹上老幹生新枝，樹葉勃發，層層疊疊，樹蔭的涵蓋面積非常廣。樹前有一座小廟，幾個乞丐或坐或躺在地上，前來祭拜的信徒絡繹不絕，香火鼎盛。

志達直覺問粘六：「這就是供奉赤焰大仙的那座廟嗎？」

「是的。」粘六讚嘆的說，「日前大仙結束繞境，本來會變得冷清些，沒想到今天人潮還是那麼多，想必是昨日在大街上有許多人跟我一樣，親眼目睹大仙現身降妖，口耳相傳，於是前來祈福。」

「赤焰大仙到底是什麼來歷？」志達好奇詢問。

「那是從北方傳來的故事，聽說有神人騎紅牛駕紅火，來到人間抓走妖魔，救助世人，因此百姓稱呼她『赤焰大仙』，並立塑像膜拜。原以為只是傳說，沒想到昨日赤焰大仙就出現在我面前降服妖魔，我今生有幸親眼見到神仙，實在是無上的光榮。」粘六說完欣喜虔敬的領著志達進小廟徒手參拜。

志達靠近神桌，細看那「赤焰大仙」的神像長髮披肩，髮髻高聳，臉上有著一雙水汪汪的大眼睛和細細的彎月眉，眉宇間有股巾幗不讓鬚眉的英氣。

志達驚訝心想：主上是女的？

這時廟門外跑進來三人，他們神色慌張，其中一人穿著綾羅綢緞，忐忑不安的朝神像下跪懇求，其他兩人穿著普通，但身材高壯魁梧，看似保鏢。

「咦？這不是長沙首富郭冠民員外嗎？」粘六驚奇的說，「他怎麼看起來慌慌張張的？」

粘六帶著志達湊近去聽。

「大仙在上，小民在下。小民收到大仙的鏢書回覆，看見神仙所傳達的旨意。我已在北村設立祭壇，準備好供品，今晚恭迎大仙蒞臨除魔。」郭員外虔誠的說著。

「赤焰大仙會給人下鏢書？這是怎麼回事？」志達好奇問粘六。

粘六沉默不答。

一旁一位乞丐婆看見了，主動對志達說：「你們不知道嗎？這消息已經傳遍了長沙城。聽說赤焰大仙慶典那天夜裡，郭員外在北村的山林田產，出現了妖魔鬼怪，不僅雞鴨不見蹤影，牛羊身上也都是傷。前幾日，郭員外來到廟裡參拜，懇求赤焰大仙前去北村降魔，看來大仙已經答應他了。」

「聽起來這個赤焰大仙有求必應？」志達又問。

「當然。」乞丐婆肯定的說，「半年前南邊湘潭也發生過類似的事，那裡的百姓也是來這兒求大仙除魔，後來大仙果真降世到湘潭，抓走一隻大狼魔。這消息遍傳各地，因此郭員外一出事就趕緊來找大仙。」

「這一次也是狼魔嗎？」志達又問。

「聽說是一隻大虎魔。」乞丐婆說。

志達聽了覺得頗為困惑，如果赤焰大仙是主上，又怎麼會那麼好心幫人降妖除魔呢？而且如果主上是女生的話，繼程家裡的女生有誰是主上呢？不可能是他那瘋瘋癲癲的阿姨吧？難道是公司或餐廳裡的女員工嗎？

粘六不理志達，跑到郭員外腳邊哀求說：「好心的郭大爺，郭菩薩，我已經五天沒吃東西了，賞點銀子吧！大仙看到您的善行義舉，一定會保佑您的。」

郭員外本想一腳踹開他，待聽到後面那句話，又抬頭看看神桌上的神像，便把腳放下，從懷裡掏了點碎銀子送給粘六。

「感謝您的大恩大德。」粘六再三叩拜。

「去去去。」郭員外微笑，又看了神像一眼後才離開。

粘六開心極了，拿著碎銀子，帶著志達來到附近一家豆腐店。

「你來晚了，豆腐已經賣完了。」店主看他可憐又說：「不過我有一籠酸臭掉的，送給你吧。」

「感謝店主的大恩大德，您一定會有好報的，赤焰大仙、觀音菩薩都會保佑您多福多壽，子孫三元及第。」粘六不斷磕頭，感激涕零的說。

店主把那些酸臭的豆腐包好遞給粘六。之後粘六又拿銀子去油鋪裡打了一些油，然後興高采烈的對志達說：「今天的豆腐是山珍海味喔。」

志達不懂什麼意思，一直到回去之後，粘六把酸臭的豆腐用油炸得酥酥的，飄出現代夜市裡經常聞到的氣味，他這才恍然大悟：「原來是炸臭豆腐。」

志達吃了一塊，外酥內嫩，嘴裡生香。

繼程吃了一口，興奮的說：「嗯，好吃。如果能加點蒜蓉、辣椒、醬油、黑醋，那就更可口了。」

粘六挖苦他說：「我的小少爺，有的吃你就偷笑了，還敢奢望調味料。」

志達把今天所見，關於郭員外家的田產有妖魔出沒的事說給繼程聽。繼程感到驚訝好奇，問了許多問題，但一旁的粘六都默不作聲。志達、繼程和他說話，他也都哼哼哈哈的敷衍兩句，只顧著炸豆腐。

怪了，這粘六既然崇拜赤焰大仙降妖除魔，怎麼對於郭家發生的事不聞不問，毫無興趣呢？

這時巷子口出現一個小乞丐，手裡拿著一隻活生生的竹雞，瘸著腿一跛一跛的往他們走來。

繼程一看，驚訝的說：「這不是騙我的那個小乞丐嗎？他不是挨了打，跟其他乞丐一起被趕跑了嗎？」

粘六不理會他，小乞丐卻把竹雞遞給粘六，誠懇的說：「花幫主叫我拿來送給你，他說要見你。」

第十二章
丐幫幫主與四大長老

「小臭頭，你們去跟花幫主告狀了？」粘六不高興的問。

志達和繼程抬頭去看，果然那小男孩有一顆癩痢頭。他急忙撇清說：「不是我告的狀，是大人們告訴幫主的。」

「花幫主找我做什麼？」粘六又問。

「今晚要召開丐幫大會，四大長老也都會過去。」小臭頭說。

「我早已經不過問幫裡的事務了，我不去。」粘六冷冷的回應。

「他叫你把這兩個小哥都帶去，說要好好跟你談談，還說可以考慮讓他們入幫。」

「哦？有意思。」粘六心動了，又問：「送我竹雞是什麼意思？」

「花幫主說請你不要生氣了，也不要打自己人。」

「是你們先動手的！」粘六生氣的說。

小臭頭忽然撲通一聲跪下，哭著說：「粘大哥，求求你去吧！花幫主為了這件事已經責罰過我們了。他說你做事有你的原則，會願意幫忙別人一定有原因，怪我們沒有先問清楚就動手，製造了幫內的糾紛，還打死了你的狗，是我們理虧。求求你，你今天如果不去，我們恐怕又得受罰了。」

「好吧！」粘六露出不耐煩的神情，「你去幫我把竹雞裹上爛泥，再造個土窯，等我把雞烤好、吃飽了就去見他。」

「太好了！」小臭頭歡喜不已，連忙跛著腳到一旁的泥地殺雞。

他殺好了雞，取爛泥裹在雞的身上，然後挖了許多土塊，疊成一個小山似的空心窯，在裡面點火，放進樹枝去燒。

「他在做什麼？」志達好奇的問。

「我叫他造土窯來烤雞，這種作法叫做『叫花子雞』。」粘六回答。

「叫花子雞？為什麼這樣說？」繼程好奇的問。

「乞丐又稱為叫花子，叫花子沒有鍋碗瓢盆，只能用最簡單的土法來烤雞肉。」粘六說。

「那隻雞沒有拔毛呢。」志達不解的說。

「等烤好了你就知道了。」粘六轉頭對小臭頭說，「你可以走了。去給幫主回話吧，剩下的我自己來。」

「好。」小臭頭歡歡喜喜的走了。

這時天色已經昏黃，志達和繼程眼看著有雞肉可吃，心中萬分期待。這土窯的火光熊熊，足以跟夕陽比美。

直到土塊都燒紅了，粘六便把裹了爛泥巴的竹雞丟進窯裡，然後叫他們一起把土塊都擊碎，把竹雞嚴嚴實實的埋在裡面。

「好啦，今天加菜。」粘六高興的說：「臭豆腐加烤竹雞，吃得比過年還要豐盛啊。」

天漸漸黑了，粘六點了營火，三人有一搭沒一搭的聊著天。一個時辰過去了，天色全黑，粘六開始清理土窯堆，把裡面的竹雞挖出來。

只見包裹在竹雞外面的爛泥已經乾掉，就像是一顆硬邦邦的大石頭。

「這怎麼吃啊？」繼程疑惑的說。

粘六不說話，一掌將土塊劈開，瞬間從裂縫噴出香噴噴的雞肉味。他把表層的土塊剝開，像變魔術似的，竹雞身上的羽毛便連著土塊被剝除了，露出鮮嫩多汁的雞肉來。

「哇，太神奇了。」志達讚嘆的說，「原來羽毛都被爛泥給黏住，烤乾之後就封在土塊裡了。」

「沒錯。」粘六說，「來吧，你們兩個受傷了，多吃點。」

粘六把兩隻雞腿分給志達和繼程，自己只吃了些雞胸肉。

志達吃在嘴裡覺得鮮嫩多汁，香甜無比。「我懂了，這隻雞被泥巴封起來，雞肉的鮮味都鎖在裡面，難怪這麼好吃。」

吃完之後，繼程還吮著指頭，恨不得把自己的手指也吃了。

粘六卻蹲下來，對繼程說：「上來，我背你去見花幫主。」

繼程點個頭，便爬到他的背上。

粘六站起來往前邁步，志達彎腰駝背的跟在後面，不久來到城牆下，這時城門已經關閉，他們只好輪流從牆邊的一個狗洞鑽出去。出了城後，他們走過橋朝郊外走去。

長沙城的郊外不比城裡有萬家燈火，到處漆黑一片，還好粘六熟門熟路的帶領著，他們慢慢的穿過一個密林，遠處漸漸浮現營火的光芒。

再往前走一會兒，終於來到營火處，卻發現那兒或坐或臥的圍繞著幾百個人。繼程看見小臭頭，還有那天來找麻煩的那群乞丐也都在人群中。

「師兄，你來了。」一個三十出頭的年輕人上前招呼。

「花幫主，你把自己搞得人模人樣的，誰會可憐你，施捨東西給你吃呢？」

粘六語帶責備的說。

花幫主面容潔淨，頭髮梳理得很整齊，還紮了一個高高的髮髻。他生著高鼻子、尖下巴、大眼睛，一對彎彎的眉毛和紅潤的嘴脣，手上拿著一支權杖一般的玉打狗棒，分明是一位玉樹臨風的美男子，誰想得到這人竟然是丐幫的幫主？志達和繼程都感到十分驚訝。

「師兄，你也知道扮醜、裝殘疾是我的拿手功夫，我平日忍著作賤自己，但是召開幫員大會時，總得要打扮整齊乾淨的來見大家才有誠意呀！」

「我不管你什麼誠意不誠意的，那只是你愛漂亮的藉口。」粘六把繼程放下來，自己坐到一顆大石頭上，語帶嘲諷的說，「有什麼緊急的事快點說，我要回去睡覺了。」

「師兄別生氣，有話好好說。」花幫主好聲好氣的說，「我已經教訓了那幾個傢伙，他們打死了你的狗，應該向你賠罪。」

花幫主說完後對那些乞丐們使個眼色，那群找粘六麻煩的人全都靠過來下跪。「請粘大哥原諒我們。」

「聽說你要讓他們兩個入幫，是真的嗎？」粘六面對那些人不屑一顧，只冷冷的問花幫主。

「當然，身為幫主怎麼可以輕言寡信？」花幫主爽快的說，「長沙城這麼大，每天南來北往的旅客有數千人，多半是有錢的商人，不差這兩位小兄弟來分食大爺們的施捨。但是這兩雙碗筷名不正言不順的，總是會讓幫員不服，他們如果能加入我丐幫，自然不會再有人說閒話了，更何況他們還是我義母的恩人呢！」

「哦？」這下不止粘六驚訝，志達和繼程也感到莫名其妙。

花幫主來到志達和繼程面前，感激的說：「我義母住在北城門外務農，昨夜我去給她請安，她說先前被一個官兵欺負，後來多虧兩位少年把官兵打跑。我派人去打聽，想不到當時見義勇為的小俠就是兩位小兄弟，先前多有得罪之處，還請你們不要見怪。」

花幫主說完，怒目指著小臭頭和他身邊那些受傷的乞丐。「罰你們跪著，若師兄不點頭就不准起來！」

「求花幫主和粘大哥饒恕，我們再也不敢了。」那些乞丐個個叩頭求饒。

「啊，原來那位老農婦是你的義母。」志達驚喜的說，「她人呢？她也在這兒嗎？」

「我義母是純樸的農婦，不是丐幫的人，所以沒來這兒。」花幫主解釋說。

「太好了，既然這樣就更簡單了，快讓他們兩個入幫吧！」粘六說。

「入幫必須要先會唱《乞丐歌》，這是幫規。」一個長老開口說。

「我會唱。」志達笑著說，「粘大哥教過我。」

繼程尷尬的望著志達。志達知道繼程的意思，在他身邊耳語：「沒關係，我唱的時候，你跟著我一起哼兩句。」

繼程點頭。

接著志達便把《乞丐歌》唱了一遍，唱得淒婉動人，令人為之鼻酸。繼程跟著哼唱，也含糊的把歌唱完。

眾人沒意見，倒是粘六說：「繼程你這樣不合格，給你寬限三天，三天內學會才能得到幫員的資格。你總不能老是依賴志達吧！」

「嗯。」繼程用力點點頭。

「到時候我會派人來告訴大家的。」粘六對大家說，眾人都點頭說好。

「接著，得讓幫主和長老們用打狗棒，在你們身上打三下。」花幫主說。

「什麼？」繼程一聽，不高興的說，「我外公對我再怎麼嚴格，也從沒打過我。」

「那只是做個樣子罷了。我先來！」粘六說完，用手上的打狗棒輕輕打了繼程，又打了志達，旁人默不作聲，點頭微笑。

志達將整個過程看在眼裡，令他驚訝的是，不是應該長幼有序，從幫主先動手嗎？粘六只是一個普通的乞丐，為什麼大家容許他放肆呢？

志達沒有發問，花幫主和其他長老也接著拿打狗棒打了兩人，很快的完成了這一項儀式。

「好了，最後授予你們丐幫的打狗棒，」花幫主把兩支棍棒交給他們，並當眾宣布，「大家聽好了，志達和繼程正式成為我丐幫的幫員，從此大家都是兄弟姐妹，要互相扶持，不要爭鬥。」

「恭喜恭喜啊！」眾人圍過來祝賀，還跟他們握手。

繼程低頭一看，那打狗棒的一端刻有「丐」字，跟粘六的一樣。

小臭頭輩分最小，排在最後一位。志達和他握手時，感到手掌中有異物。他拿開小臭頭的手，看見一個熟悉的東西，驚喜的說：「啊！軒轅石。」

「噓！」小臭頭急忙回頭看花幫主，「別讓幫主知道我拿了你的東西，否則我又得挨罰。」

繼程也看到了，靠過來問：「石頭怎麼會在你那兒？」

「我那時看你跑回去大街，就偷偷跟著你，看到那個要我引開你注意的男人拿了志達的東西，後來那人變成妖怪，又被粘大哥打得很慘，那東西不小心掉出來。我想一定是什麼寶貝，就偷偷撿起來，誰知道只是顆石頭。不過我想既然有人想偷，一定不是普通的石頭，所以就留著沒丟，現在還給你。」小臭頭坦承的說，然後一溜煙躲進陰暗處。

「太好了，太好了……」志達和繼程四手交握，激動得想哭，卻又咧開嘴開心的笑著。

「你們本不想當乞丐的，現在入了丐幫卻又這麼開心。」粘六不明所以，看他們歡欣的模樣，笑著說，「也好，趁早適應總是好的。」

「為什麼長沙城裡有這麼多乞丐呢？」志達收起軒轅石，忍不住好奇的問。

「如果可以安居樂業，誰會想當乞丐？不外是因為天災人禍使得百姓流離失所，最後變成難民、乞丐。」花幫主用控訴的語氣侃侃而談，「這幾年來並沒有什麼嚴重的天災，但是乞丐不減反增，全是因為人禍所造成的啊！」

「人禍？」志達和繼程都發出驚嘆。

「十多年前大宦官劉瑾獨攬大權，錦衣衛、東廠等『廠衛』都在他的掌控之下。」粘六主動回答，憤恨的說，「他底下的爪牙有數千人，對官員和百姓進行嚴密監控，誅殺異己，導致政局混亂。他向官員收取賄賂，如有不從的就會入罪被關，甚至導致殺身之禍。官員為了滿足他，只得橫征暴斂，搞得民不聊生，許多人一夕之間失去所有的財產，最後淪為了乞丐。」

「師兄，我知道你有滿腹的冤屈，但如今劉瑾因謀反罪名被處死已經有八年，百姓的日子卻過得更苦了。所以不單是劉瑾的問題，是我大明王朝正德皇帝暴虐無道啊！」花幫主感嘆的說。

「大明王朝正德皇帝？」粘六語帶嘲諷的說，「你以為是在戲臺上唱戲文嗎？」

「師兄你就別取笑我了。」花幫主誠懇的說，「說正經的，我聽說志達和繼程一個中毒一個受傷，為了回報他們搭救我義母的恩情，我想把他們醫治好。」

「志達中的是奇毒，繼程的腳傷到了骨頭，你有辦法治嗎？」粘六提出疑問。

「放心，這兒有四大長老，還有我和你，正好可施展我丐幫的『六合陽氣大功』，對於調理身體疾病傷痛具有奇效。」花幫主說。

「難得你今天大發慈悲。」粘六口氣酸溜溜的說。

「師兄，是你對我多有誤會，我們兄弟該找時間聚聚，我再好好跟你解釋。」花幫主的語氣委屈。

「別囉唆，救人要緊。」粘六不領情，直率的說。

「太好了！我們運氣真不錯。」志達喜出望外。

「是你好心有好報，我托了你的福。」繼程微笑著說。

第十三章 追查赤焰大仙

「先從志達來。」粘六一聲令下，花幫主便揮手叫四大長老靠過來。花幫主兩手往志達腰際夾住一撐，接著就被高高扛上了他的雙肩，兩腳垂在他胸前，花幫主將雙掌握緊志達的兩個腳底。

「志達，雙臂張開，朝兩邊平舉。」花幫主大聲說。

「好。」志達聽話照做。立刻有兩個長老一左一右的與志達對掌，緊接著另兩位長老一前一後，將手掌貼在志達的前胸和後背。

「要開始了。」花幫主喝令，和四大長老一起發功。粘六突然飛跳到空中，再倒立著從天而降，伸出左掌壓在志達頭頂的百會穴上。

粘六的體重壓在志達頭上，志達卻不覺得有重量，想必他一邊運氣，一邊施展著輕功。接著換粘六下令：「運氣！」

剎那間六道熱氣從前、後、左、右、上、下，竄進志達的身體裡面，彷彿潛入熱呼呼的溫泉，熱氣在身體裡橫衝直撞，尤其下腹部以及兩側的後腰更是明顯，只覺得體內的痠、痛、脹、麻正一點一點的消失。

來自上下、前後、左右的內力，深入志達的身體探尋五臟六腑和經脈，發現脊椎旁的筋骨錯位導致駝背，駝背又使得脊椎的軟組織壓迫到神經，害那痠痛脹麻的感覺一路延伸到腳趾頭，而根源就是背部的經脈有毒氣匯聚糾結。

一找出原因，六人很有默契的把內力全集中到那兒，慢慢的像解開繩結般的，把那糾結的毒氣梳理開來，一一強壓到血液裡，並運到肺臟，從口鼻呼出。

「嗝！嗝！嗝……」志達連連打嗝，背上卻傳出劈里啪啦的聲響，繼程一旁都看呆了。

粘六、花幫主和四大長老的臉上都冒著汗珠，大約過了半個時辰，花幫主鬆手說：「差不多了，志達你試著運氣。」四大長老一聽，紛紛退開到旁邊候著，粘六也下來。

志達落地後調整氣息，幾次後疑惑的看看四周，「你們……怎麼好像都變矮了？」

「不，是你的背不駝了。」繼程驚訝的說。

「什麼？」志達伸手到背後去摸，又聳聳肩膀，彎彎腰骨，然後張大嘴巴和眼睛，喜出望外的說：「怎麼可能？我不是在做夢吧？」

「再來是繼程。」花幫主同樣把繼程扛起來，其他五人重複剛才的動作，但這一回只花了五分鐘便完成。

接受運氣的繼程，右腿明顯消腫，腳掌也不痛了，走在地上彷彿未曾受傷過那般。

「謝謝大家。」志達和繼程一同道謝。

「從此互不相欠，走了！」粘六說完就要帶志達和繼程離開。

「師兄請留步，我們還得召開丐幫大會。」花幫主說。

「不干我的事。」粘六冷漠的說。

「師兄可得為兩個小兄弟著想。」花幫主鄭重的說，「有官員要被革職了，連帶著我們丐幫幫員也要遭殃。」

「哦？什麼事？」粘六好奇的問。

「當朝這回鎖定了長沙知府張路遙，他雖然也賄賂長官，但是給的錢太少。恰好他跟朋友書信往返唱和詩文，寫到杜甫的詩句：『安得廣廈千萬間，大庇天下寒士俱歡顏』，此書信傳到長官那兒，便趁此機會檢舉他有造反之心，密告給皇帝知道，現在皇帝下令錦衣衛整肅他。」花幫主仔細說明。

「我看不出這兩句詩文跟造反有什麼關係？」志達搖頭發問。

「『寒士』意指我丐幫人士，告密的人說，知府要暗中召集天下的乞丐造反。我丐幫是天下第一大幫，幫員最多，令朝廷當局十分忌憚，準備出動大批官兵前來掃除長沙城的乞丐。」花幫主無奈的說，「欲加之罪，何患無詞？可憐我丐幫遭受池魚之殃！」

「他們什麼時候會行動？」粘六問。

「根據順天府的長老飛鴿傳書傳來消息，他們五日之後就要動手。到時，錦衣衛會先把張路遙抓起來，然後搜索整個長沙城，只要是乞丐模樣的，一律充軍，或者販賣為奴。」花幫主說，「今天的幫員大會就是要商討逃難的計畫，看看大家有沒有什麼構想，要逃往哪裡才好？」

「我覺得逃到附近的城鎮避難就行了，反正他們只針對張路遙和長沙的乞丐。」一個長老說。

「對，對……」不少人附和他。

「不，我認為還是逃到山林裡躲一陣子，免得錦衣衛轉移陣地來抓我們。咱們採野果、捕溪魚、打獵物，都能餬口。」另一個長老說。

「好，好……」許多人贊同的說。

「你們每天只會求別人施捨，吃別人的剩菜剩飯，懶散慣了，有能力採果、捕魚、打獵嗎？」粘六奚落的說。

大家聽了都張口結舌，慚愧得說不出話。

「還有沒有其他的意見？」花幫主看向眾人，但沒有人再發表意見，他轉而問粘六：「師兄，你的建議呢？」

「我不逃，我要繼續待在長沙城。」粘六堅定的說。

「什麼？這多危險。」花幫主擔心的說，「不論充軍或是被賣為奴，下場都會像畜生一般，被官兵玩弄於股掌之間，你願意這樣嗎？」

「我不會被抓走的。」粘六很有信心的說。

「好吧，我們來數人頭。」花幫主似乎想明快的做出結論，「想逃的舉手？」

除了粘六、志達和繼程之外，全部的人都舉手了。

「想躲到山林裡的人舉手。」花幫主又說。

只有剛才提議的長老一人舉手。

「最後，想躲在附近城鎮的人舉手。」花幫主說。

大部分的人都舉手了。

「好，事情已經很明朗了。正好我們有四大長老，就請長老分別帶領你的部下，從東西南北四個城門撤離。我現在就來做籤給大家抽。」花幫主說完，便折了四支不同長短的草莖握在手中。「按照長短和東、西、南、北的順序，最長的由東門出，最短的由北門出。」

四大長老抽完籤，確認大家逃亡的方向之後，便大功告成。

「沒事了，我帶他們回去了。」粘六對花幫主說。

「師兄，等一下。」花幫主叫住他們，然後叫人拿來一個布袋，「這些豆沙大餅你拿回去吃。」

「我不稀罕你的東西。」粘六拒絕。

「你不稀罕，但總不能讓這兩個孩子跟著你受苦吧。」花幫主勸著說。

粘六想了一下，便收下了。

他們三人繼而回到城裡的巷子內，途經古松小廟。

「這就是人們口中的赤焰大仙，可是我覺得他的真實身分很可能就是主上。」志達小聲對繼程說。

「啊！你是說害陳幫主中毒的主上？」繼程驚訝的說。

「有可能。但我不相信主上這麼好心，會返回明朝除魔救世、行俠仗義，我猜這其中可能有什麼祕密。聽說北村郭員外的田產出現妖怪，赤焰大仙今晚將會去降妖除魔，我很好奇，想去調查清楚。」志達認真的說。

「我跟你一起去。」繼程說。

「好。」志達轉頭問粘六，「粘大哥，你知道北村郭員外家怎麼去嗎？」

「我勸你們別去瞎攪和。」粘六一副意興闌珊的模樣。

「我一定要去一探究竟。說不定可以一舉揭發主上的真面目。」志達堅定的說。

「隨便你們，你們現在恢復健康了，腳長在你們身上，我也管不了。」粘六有點嘔氣，「力氣那麼多的話，順便向郭員外討點銀子來花花吧！」

於是志達和繼程離開粘六，一路往北城門而去，沿路向人打聽到了北村的位置。原來只要望著夜空中的北極星直行，去到一個大水池便是了。

兩人來到北城門，城門緊閉，志達先打了一套全脈神功，確認身上內力充足，便背起繼程施展輕功跳出城門，然後快速的往北村奔馳。

繼程趴在志達背上，狂風颯颯從耳邊吹過，彷彿騎在機車上一樣，令他大呼過癮。不到半個時辰，兩人來到大水池邊，看見水池已然結冰，對岸有火光閃爍。他們繞過水池，躲在大石頭後面窺看。

只見林中空地上插了有十多支火把，圍成一個大圓圈，圓圈的中心擺了一張神桌，桌上有香爐和一對紅燭火，中央放著一大堆的米糧、瓜果、臘肉。郭員外正指揮著五、六個僕人，把宰殺好的大豬公擺在草地上，一旁還布置著全雞和全鴨。「快點快點！這些是要引誘虎魔前來的餌，快點擺好，大仙指示的子時就快到了。」

等一切就緒之後，郭員外燃起三炷香，對空中敬拜說：「小的郭冠民已經按照大仙的指示設立好神壇，恭迎大仙降世除魔。」然後跪地三拜，把香插進香爐中。

「大仙交代了，神壇設好之後就要離開，到水池對面躲起來，以免被虎魔所傷。」郭員外說完後，僕人們提著燈籠，帶著他退到水池的對岸去。

「看起來那個大仙是故意把人支開。」志達小聲的說出猜想。

「真的會有大虎魔出現嗎？」繼程擔心的說。

「就算真的有大虎魔你也別怕，有我保護你。」志達義氣的說。

忽然空中傳來樹枝折斷的聲音，兩人停止交談，專心放眼搜尋聲音的來源。

一陣風起，一個人影拿著一把劍飛入林中。霎時間，十幾支火把全都熄滅了，眼前頓時一暗，志達和繼程心中大驚。

第十四章 粘六的真實身分

那詭祕的人影在林中繞了三圈，最後落在神壇前。

「紅紅火，黑黑夜，東西南北中營天，五營天將領天兵，兵將一同抓妖精。妖精妖精快來此，全豬全雞全鴨請你吃……」那個人影唸起咒語搖起鈴鐺，似乎在引誘虎魔前來，那聲音聽起來格外清脆響亮，是屬於女人那種甜美的音色。

「大仙降臨了。」志達和繼程雖看不清眼前視線，但隱約可以分辨出黑影的動作，他們謹慎小心的等候著。

一會兒之後，林子後面又竄出幾個詭異的黑影。仔細一瞧，那幾個黑影的動作不像是動物，更像是人，而且一共有三個。他們不知拿什麼東西在地上潑灑，風一吹來，志達馬上聞到油的氣味。

「吼……吼……」不久另一團黑影出現，持劍的人影跟他打鬥起來。

「大虎魔來了！」繼程驚恐的細聲說。

「可惡的大虎魔，看我赤焰大仙桃花劍的厲害。」那個人影大聲喊叫。

「吼……啊……」只聽得虎魔慘叫一聲，接下來全場靜默。

霎時間，地上竄出一圈大火，火光沖天，讓人睜不開眼睛。等過了幾秒鐘，視野變得清楚，大仙和虎魔卻都不見了。

天空傳來剛才大仙的聲音：「郭員外平日苛刻下人，常有下人不堪受虐逃跑或自殺，此番虎魔前來騷擾是老天有眼，降下惡業的報應。我今為你除魔，望你從今往後善待下人，不再虐待奴僕，廣為布施窮人，否則不必老天降魔，我自然會取你性命。」

郭員外嚇得連連跪地磕頭，在水池對岸高聲呼喊：「大仙饒命，小的不敢了。大仙饒命，小的不敢了……」

半空中還響起一首婉轉美妙的歌曲：「世間妖魔少，人心貪念多，赤焰來點破，貪念即妖魔。」

繼程望著空中，驚喜又激動的說：「真的有赤焰大仙哪！」

眼尖的志達卻發現桌上所有的供品都不見蹤影，草地上的全豬、全鴨也不見了，但全雞仍在。

突然虎魔衝回火圈，快速的拿走全雞，還伴著笑聲：「嘻！差點忘了。」

志達察覺有異，急忙輕功一跳跟上虎魔追到神壇後面去，他一把抓住虎魔的肩頭，虎魔回頭看他。

唉呀！不會吧，居然是有人穿著黃色底、黑條紋的彩衣，就像穿著戲服那樣假扮成虎魔。

「放開他，別管閒事。」一位女子上前推了志達一把。

「你是赤焰大仙？」志達放掉虎魔，與那女子交手。那女子不甘示弱，揮舞木劍跟他打鬥起來，旁邊不知哪裡來的三個人竟然也上前助陣，變成五個打一個，包括那隻假虎魔。

火光熊熊映照著他們的臉，志達隱約感覺這些人怎麼似曾相識？

他努力使出全身的內力，打出全脈神功第一式，打在假虎魔和三個男人的腹部，他們立刻蹲在地上哀號。接著，又使出第二式制伏了那位女子，女子痛叫一聲，就變成男人的聲音……

「你……」火光照耀中，志達看著女子濃妝豔抹的臉，卻感到疑惑。

這時繼程已經跑過來，看出其他人的身分，一見那女子發出男人的聲音，不禁恍然大悟，叫道：「花幫主！」

「志達，萬萬沒想到你小小年紀，有這麼高強的功夫。」花幫主恢復原來低沉的聲音。

「你們為什麼在這裡裝神弄鬼？」志達這時也認出其他四位都是丐幫長老，不解的問。

「你剛才也聽到了，那郭員外平日對奴僕非常殘虐，令人不齒。」花幫主說，「我趁機教訓他一番，也算幫他的奴僕討回公道。」

「難道傳言中，在黑夜偷抓雞鴨，殺牛羊，引發恐懼的虎魔，也是你們所假扮的？」志達推測的說。

「是的。」花幫主說。

「可是聽說那些屍體上，都有猛獸撕咬的痕跡啊。」繼程疑問。

「只要用鐵耙子耙過，便有那樣的效果。」一位長老說。

「想要教訓郭員外，何必如此大費周章呢？」志達不高興的說，「你這麼做跟強盜小偷有什麼不一樣？」

「我沒有偷盜他的錢財，只不過利用眾人相信赤焰大仙的神蹟趁機教訓他。」花幫主說。

「實際上是騙取他的財物，我說的沒錯吧！」繼程指著兩輛馬車上的全豬、全雞、全鴨和米糧、瓜果、臘肉。「那跟竊盜有什麼兩樣？」

「這……」花幫主慚愧的低下頭，接著輕聲說，「這些財物不是我們五人獨占，而是要分給丐幫中人的，你們現在也是我丐幫的子弟，包括你、繼程和粘六都有份，你趕快放了我。」

「不，你先告訴我，赤焰大仙究竟是真有其人嗎？」志達困惑的說。

「還有，你為什麼要裝扮成女生呢？」繼程也問。

「唉！這事說來話長。」花幫主娓娓道來，「我本是河南鄭州人，以唱戲維生。由於容貌俊俏又會唱花腔，因此在戲班裡經常演出女旦的角色。赤焰大仙是我的救命恩人，我曾親眼見過她，因此才想假扮她的模樣。」

「你親眼見過她？在哪裡？什麼時候？」志達加緊追問。

「大約八年前，那時我們村子出現妖魔作怪，傳說妖魔在白天化成人形混在人群中，晚上潛入民家吸食人血，大家都說那是傳說中噬血魔之一的豹魔，害得村子內人心惶惶。半年後，豹魔半夜闖進我家，我保護妻兒逃難，他追上來咬住我的衣袖。就在那千鈞一髮之際，出現一個女人的聲音：『螳螂捕蟬黃雀在後，今天終於追到你了。』我回頭看見一個婦人，用凌厲無比的掌力收服了豹魔，隨即紅火燃起，空中出現牛鳴聲，她乘著火焰和紅牛把豹魔抓走，憑空在火光中消失。此事傳出去後，人們紛紛塑像膜拜，稱她『赤焰大仙』。」

「赤焰大仙相貌如何？幾歲人？有什麼特徵嗎？」志達又問。

「我當時非常驚慌，沒仔細留意她的容貌，只記得大約是個中年婦人。不過我記得她一腳踩在豹魔身上，手拿石頭和鐵片相互敲擊。」花幫主說著擺出了一個嬌美的動作，「不久我的妻兒都死了，我淪落為乞丐，四處流浪到了長沙城，被丐幫前幫主蔣雲天收留接濟才得以生存。蔣幫主功夫高強，教我武功，因而與粘六結為師兄弟。」

「粘六也曾被蔣幫主收留過？」繼程問。

「他早我一年入幫，雖然師兄只有一條手臂，但是由於功夫底子深，練起打狗棒反而自成一格，無人能敵，因此很得蔣幫主的喜愛。」

「我當年就是不想參與這種騙術，才辭了丐幫幫主之位。」粘六的聲音忽然出現在他們身後。

大家驚訝的回頭一看，又見粘六說：「我覺得淪落為乞丐已經很沒有尊嚴，又去詐騙別人更為羞恥。」

「師兄，話不能這樣說，現在是亂世，不能用常理來論事。」花幫主辯解，「我這麼做也是不得已的。」

「怎麼說呢？」志達又問。

「蔣幫主死前將幫主之位傳給師兄，但世道不好，幫員們只能靠別人施捨度日，常常挨餓。我建議假扮赤焰大仙降妖除魔，騙取貪官汙吏的財物，卻遭到師兄拒絕。後來有幫員陸續餓死，我看不下去，因此聯合四大長老逼師兄交出幫主一職和玉打狗棒，最後師兄憤而離開，出去獨立過活。」

「粘大哥，原來你都知道他們在裝神弄鬼。」繼程怪罪粘六。

「難怪怎麼問你都不說話。」志達終於了解粘六沉默的原因了。

「這終究不是正經的勾當呀！」粘六說，「尤其前天我親眼見到赤焰大仙降世，更覺得你們假借大仙的名義招搖撞騙，真是對大仙大大不敬。」

「其實，據我所知，那女人並非來降妖伏魔，而是故意來抓走豹魔，好回去當作奴隸使喚的，沒想到竟然被百姓誤認作神仙。」志達解釋，「不過，花幫主，以這種方式得到財物畢竟不正當，希望你們從此以後收手吧。」

「眼看朝廷就要來掃蕩我丐幫了，有沒有『以後』都還不知道呢？」一位長老笑著勸解，「大家散了吧。」

眾人沒有二話，在火勢將熄前散去。志達、繼程跟著粘六回到城內。

「明天官兵就要來了，你們逃吧！」粘六苦笑說。

「粘大哥你呢？」志達好奇的問。

「我這一生逃難多次，已經厭煩了那種感覺，不想再逃了。」粘六又自嘲說：「我們並沒有錯，卻無辜受害，我要留下來證明自己是清白的。」

「可是朝廷派來的人不會這樣想啊！」繼程說。

「你說逃難許多次，那是什麼意思？」志達好奇的問。

「其實我不叫粘六，我本名叫做劉七，因為被官兵追殺才逃來這兒，改名換姓。」粘六說。

兩人一聽到「劉七」，驚喜萬狀。

「你是劉七？」繼程問。

「我和我哥劉六原本在霸州的酒樓當廚子，是民灶派的『灶人』。我們兄弟擅於騎射，後來被官府看上，延攬我們去協助捕捉『響馬盜』。正德四年，劉瑾作威作福，四處收賄。他的家人梁洪也向我兄弟二人索賄，遭到我哥拒絕。梁洪懷恨在心，誣告我們是畿南大盜，我和哥哥被迫逃亡，官府便張貼畫像追緝我們，我們走投無路，最後不得已只得投靠響馬盜首領張茂。」

「怎麼會這樣？你們本來是官兵，去抓強盜，後來自己竟然變成了強盜？」繼程大呼不可思議。

「呵！你不知道官兵有時比強盜還要可惡嗎？」粘六搖頭，傷心的繼續說，「我們起義抗暴，許多貧苦農民紛紛響應，義軍迅速發展到上萬人民兵，攻占了不少城池，朝廷因此派大軍來鎮壓我們。後來起義失敗，我哥在江邊投水自盡，我右臂中箭後也掉落江中，大家都以為我死了，但其實我被人救起。救我的人懂得醫術，見我右臂的傷勢不輕，及時將它切除才救了我一條性命。我身體恢復後輾轉逃亡到湖南，由於想念著我的哥哥劉六，因此改名為粘六。」

「你怎麼不繼續招兵買馬，號召大家打倒劉瑾，又加入了丐幫？」志達問。

「我哀莫於大於心死。加入丐幫一是為了生存，二是為了掩人耳目。」粘六回顧說：「後來我得到蔣幫主的賞識當上了幫主，重新燃起了消滅劉瑾這股惡勢力的鬥志。我心想，天下乞丐何其多，只要好好的領導丐幫，教導幫員們功夫，便可以一舉推翻暴政。」

「這樣很好啊！」志達誇讚的說。

「誰知那劉瑾已經因為被人密告造反，被皇帝處死了。我失去了奮鬥的目標，便跟著大家得過且過。」粘六感嘆說。

「我們現在身體都康復了，不要當乞丐，明天開始改找別的工作做吧！」繼程提議。

「誰會僱用我們？」粘六說，「長沙城內都知道我是乞丐。」

「一起做個小生意也好啊。」志達說。

「那也得有銀子。唉！算了。」粘六似乎在迴避這話題。

「你口口聲聲說不齒其他人詐騙，但是你假裝喊餓，還說自己天生殘疾沒有工作能力，博取別人同情，不也是詐騙嗎？」志達的語氣帶著責備。

「住口！」粘六惱羞成怒，大吼一聲便跑到對街去，不再理志達和繼程。

志達和繼程彼此對看無言，只能就地睡下。兩人的身體恢復了健康，這一夜睡得很安穩，不料隔天一早卻被吵鬧聲吵醒。

「救命啊！救命啊！錦衣衛來抓人啦！」

第十五章 英雄東山再起

三人瞬間清醒，跑出巷子口查看，發現幾個人穿著藍色制服和高帽，揮舞長刀，騎著馬在城裡奔馳，還有一些官兵手拿繩子在巡邏，看到乞丐就綑綁起來。

「看來是乞丐要逃出長沙城的消息洩漏了，朝廷讓人提早動手了。」粘六驚訝的說。

「我們快去幫忙。」志達經過一夜的休息，感覺體力已經全部恢復。

他施展輕功跳到空中，用全脈神功打下兩個騎馬的錦衣衛。

粘六也跳上前，打敗幾個官兵，繼程急忙過去幫受困的乞丐們解開繩索。

為首的錦衣衛騎上馬後，下令說：「不要戀戰，後面增援的大批人馬很快就要到了，諒這些乞丐一個都跑不掉。」那些官兵聽了便跟著出了城。

之後粘六問了這些乞丐，才知錦衣衛一早已經抓走了張路遙，並且立刻派任新知府進駐長沙城。那些錦衣衛和官兵是殿後的一班人，剛才離去後，必定會增兵前來復仇。

「這些官兵實在太過分，太殘暴了。」粘六咒罵起來。

粘六說完便要乞丐們前去通知花幫主和其他人，即刻出城避難。乞丐們聽了之後馬上散開走告，沒多久，長沙城的乞丐都逃光了，只剩他們三人。

「我們也該去躲起來了。」粘六帶著兩人尋覓合適地點，最後來到古松樹下，「這棵古樹高聳參天，躲在上面不失為一個好的藏身之處。」

這棵古松有數千年樹齡，高五十多公尺，得要十個成年人才能環抱起來，光是從地面到樹上的分幹處就有五公尺高，即便輕功再好，想要躍上去也不是容易的事。

「哇，這麼高，我爬不上去。」繼程不知如何是好。

「你踩著我的肩膀爬上去吧。」粘六對繼程說。

「不，我背你上去就好。」志達說。繼程點頭，跳上志達後背，志達用力一躍便跳上了十公尺高的大樹枝上。

粘六驚訝之餘也往上跳，恰恰跳到分幹處。他們繼續往上爬，來到頂端居高臨下，不一會兒，看到大批的兵馬朝長沙城而來，他們急忙躲到樹葉濃密之處，隱身起來。

果然錦衣衛增兵回轉，上萬人馬進城，卻搜尋不到乞丐，很快便號令退兵。他們爬到樹梢去看，卻發現大軍分成四路轉往城外搜索，粘六暗叫一聲：「不妙！」

「這下怎麼辦？」繼程擔憂的說。

「我們去幫助他們。」志達激動的說。

「不！」粘六反而鎮靜下來，「來不及了，那錦衣衛的部隊雖然分成四路，每一路也有兩千多人，他們功夫高強又有鋒利的武器，我們現在過去只是自投羅網。」

「你不擔心花幫主的安危嗎？」繼程問。

「你放心，他和四大長老的武功都很高強，不會有事的。」粘六說。

「丐幫號稱天下第一幫，幫員人數最多，事到如今，粘大哥你怎麼不號召丐幫成員組成義軍對抗錦衣衛呢？」志達問。

「丐幫之人是無法成為義軍的，雖然有許多人是迫於生活無奈而當乞丐，但也有不少人是因為好吃懶做、利用別人的同情心，又怎麼會替天下百姓著想呢？」粘六憤恨的搖頭說，「我太了解這些乞丐了，靠他們還不如靠我自己。」

「你的意思是？」志達好奇的問。

粘六卻沒有再答話。

由於擔心錦衣衛再回到長沙城，他們在樹上繼續躲著，肚子餓時就吃些粗餅充飢，只有在晚上才下來活動。

這一晚他們來到知府的宅邸，準備找尋一些餿水，經過屋外時，聽到裡面有人在對話。

「周總管，我們初來乍到，需要多養幾個家丁保護家產。」

「知府大人，如此一來，食指浩繁，得要多個廚子才行。」

「家丁好找，但好廚子難尋啊！這事就交代給你了。」

「遵命，我明天就去跟這兒的仕紳們打聽，找個好廚子進府。」

粘六聽了，心中有了盤算。他對志達和繼程說：「那一夜我負氣跑去對街，其實夜裡輾轉難眠。我思考著志達說的話，其實我也知道自己不該自暴自棄，騙取別人的同情心來生活，但遲遲沒有做出改變，經過這件事之後我想通了，我想趁此機會脫離乞丐生活。與其當乞丐一無所有，落得人為刀俎，我為魚肉的下場，不如暗中培養根基，來日再招兵買馬，推翻這個殘暴的皇帝。」

「你不再當乞丐真是太好了，只是要做什麼工作呢？」志達問。

粘六笑著指了指高牆內的人家，說：「藏身在這官府人家是很好的掩護，每天可以探聽到不少朝廷的消息。」

「去當家丁嗎？」繼程問。

「不，我要當廚子。」粘六微笑著說，「別忘了我以前是酒樓裡的大廚，看我的。」

粘六帶著他們繞到後門去，由於滿城乞丐都離開了，各個大戶人家餿水桶裡存著不少剩菜剩飯。時值臘月，家家醃製臘肉準備過年，桶子裡不乏許多吃剩的臘肉、臘鴨、臘雞、臘羊、臘魚。

「這些臘味食物本身有特殊的香氣，混在一起來蒸，應該別有一番滋味。」粘六說，「繼程，你的衣服是完整的，跟我換吧。如果一切順利，你們先回到古松上躲藏，每天晚上再來官邸後門，我拿東西給你們吃。」

繼程二話不說脫下衣服跟粘六交換。

粘六故意在新知府家的窗外，把蒐集來的各種臘味食物都放在自己的小缽裡蒸煮。一會兒後粘六打開缽蓋，一時香味撲鼻，三人各自掐了一塊臘肉品嚐起來。

「哇！這臘香好濃郁，而且混合了各種肉的甜汁，真好吃。」這時志達腦中堂堂皇皇的閃現出四個大字「振作之美」，他不覺揚起嘴角。

「你們先躲到陰暗處去。」粘六催促他們離開，並且用左掌施展內力，打在菜餚飄散的熱氣上，讓香味飄進屋子裡。

「那是什麼味道？怎麼那麼香？周總管，去看看。」屋裡傳出聲音。

志達和繼程聽到聲音，連忙躲進一旁的草叢裡，接著官邸的後門打開，走出一個男人，他循著香味走到粘六身邊，問說：「你在這兒做什麼？」

「我肚子餓了，蒸些臘味來吃。」粘六回答。

「你不在你家蒸煮，怎在這路邊呢？」

「大哥，我原本是一間酒樓的大廚，由於老闆遭人陷害，財產被人併吞，我失業無處可去，才孤身流浪到長沙。」

「喔！你是大廚，我們府裡正想找新廚子，你這盤菜先不要吃，給我家大人嚐嚐，我拿其他東西給你吃，好嗎？」

「當然好，再麻煩大哥引薦！」

「你把陶缽端著，隨我進門。」

「是。」

粘六跟著那個男人進屋去，後門便關上了。

不久就從屋裡傳來新知府的驚呼讚嘆：「哇！這道菜太好吃了，這叫什麼菜名？」

「啟稟大人，我管它叫做『臘味合蒸』。」

「你的手藝不錯，但是雙手只剩左臂，能當廚子嗎？」

「大人，我單手便能做菜，還會研發新菜，號令廚工們一同烹煮，以前在酒樓裡人們給我封號，稱我『獨臂大廚』呢。」

「那好，你就留下來當我家廚子。你可願意？」

「小的求之不得！謝謝大人。」

志達看見粘六已有了去處，便從草叢中走出來，來到一旁空地閉目凝神，冥想著「振作之美」四個字。

不一會兒，丹田內發出熱氣，而且十分旺盛，比起練先前三式時還要強烈，志達心想，很可能是因為丹田就在膀胱前方的關係。他放棄這個念頭，專心在那股熱氣上，發現它不但往內進到膀胱，而且兵分兩路向上竄到後腰處。那兒似乎是腎臟的部位，只覺得整個腰部熱呼呼的。

幾秒鐘之後，那熱氣又再岔出左右，往左手腳和右手腳前進，並且帶動手腳自由的扭動起來。而隨著手腳的扭動，又帶動了身上其他部位，連同軀幹、頸部和頭部，他忽而彎腰，忽而轉身，忽而跳踢，忽而旋轉，全身很協調的打出一套神奇的功夫。

繼程一旁看得目瞪口呆，豔羨不已。

一會兒，志達運氣收功，對繼程說：「我們可以走了。」

「好，回去樹上睡覺。」繼程笑著回答。

「不，回家。」

大雪紛飛中，志達拿出軒轅石和鐵湯匙，唸出祝融通古神咒……

第十六章
隱瞞多年的師徒之情

這天上午，陳淑麗來到安養院看望陳淑美。

「對了，淑美，記得媽媽當年生怪病的時候，曾經看著報紙上的訃文傷心流淚。後來她和爸爸吵架，我似乎聽到爸爸說那正是湯之鮮的訃文。媽媽跟湯之鮮非親非故，為什麼會這樣？」陳淑麗問。

「我也覺得必有隱情。這正是我當上幫主後想去追查的真相啊！」陳淑美認真的回答，「原本我打算等慶功宴後，就要研究使用軒轅石回到古代的方法，想辦法回到媽媽生前『失蹤』的那一夜，查出為何她之後會生怪病而死，但後來我中了毒，一切計畫都成泡影。」

「我記得爸爸說過，那次辦桌結束後，媽媽叫爸爸跟水腳們先回臺南，自己要去訪友，後來媽媽回來後隻字不提，還生了怪病。」陳淑麗回想過去，「下回你若再碰到湯之鮮，記得好好問問他，或許他知道什麼蛛絲馬跡。」

「好，我會的。」陳淑美說。

「我差不多該去準備做生意，先走了。」陳淑麗把病房內外打掃一番，東西擺放整齊，然後便離開。

不久，有人敲了房門。

「請進。」陳淑美說。

房門打開，來人是拖著虛弱身體的湯之鮮。

「淑美，我來了。」

「啊，湯前輩，太好了，我正好有事想請教你。」陳淑美驚喜的說。

「不急，讓我先說。我在附近休養時想到，全脈神功五式練好之後，也許可以對抗五毒陰功。」

「你是特地來告訴我這件事？」

「當然不止，不知道志達解開第三道神菜了沒有？」

「解開了，是麻婆豆腐。」陳淑美高興的說，「他還練成全脈神功第三式，修復了我的肺經和大腸經。」

「這孩子真是聰明，我今天來是要告訴你第四、第五道神菜的提示。」湯之鮮拿出一旁的紙筆寫下來，交給陳淑美又說，「你先給志達第四道神菜的提示，等他學會第四式的神功之後，再給他第五道菜的提示，按著順序，千萬不要急。我會待在附近，隨時過來探望你們。」

「太好了，謝謝湯前輩。」陳淑美把紙條看了一遍。

「我相信志達能解出來的。」湯之鮮微笑的說。

「湯前輩，我想問你有關我母親的事。」陳淑美趕緊把握機會。

「什麼事？」

「我的母親王錦繡似乎認識你，她曾經看著報紙上你的訃文，傷心流淚。你知道她為什麼會這樣嗎？」

「這個……」湯之鮮皺眉猶豫了一會兒，最後終於開口：「我知道。」

「還請前輩快告訴我。」陳淑美眼睛張大，精神一振。

「我詐死後隱居在日月潭的慈恩塔頂，有一天，你的母親來玄奘寺，到我靈位前祭拜。我見她傷心落淚的模樣於心不忍，便現身告訴她我詐死的真相。」湯之鮮追溯前塵往事，「她曾經是我的徒弟。我和你的外公王道理過去曾是好朋友。王道理武功高深，相當自負，希望女兒也能有一身好功夫。古人說：『易子而教』，因此王錦繡十五歲時拜我為師，我悉心教導她，直到後來……」

「發生了什麼變化嗎？」陳淑美好奇發問。

「王道理一生最大的願望便是當上灶幫幫主，沒想到在武藝大賽時輸給了我，而且受了重傷。他心有不甘，懷疑我在比賽中耍詐，因此反對王錦繡再跟我學功夫，甚至不准她跟別人提起自己是我的徒弟。我雖然遺憾，但也無可奈何，沒想到幾個月後王道理竟抑鬱而終，我和你母親也斷了來往。唉！」

「既然這樣，我母親為什麼又去祭拜你？」陳淑美焦急的問。

「她是念在師徒之情。她看到我出現十分驚訝，後來鎮定下來後，聽我解釋我跟王道理之間的誤會，之後便都釋懷了。」湯之鮮回憶往事悠悠的說。

「我母親回家之後，竟生了怪病，前輩你知道原因嗎？」陳淑美困惑的問。

「王錦繡見到我後，想為我療傷運功，我不願意，但她堅持一試，沒想到她不但沒能治好我，反而讓我身上的毒反噬，傷了她自己的身體。」

「原來是這樣。」陳淑美聽了傷心哭泣，「今天，我終於……嗚……」

「唉！我後來在報紙上看到她病死的訃文也很難過。我不殺伯仁，伯仁卻因我而死。我因為一時不忍卻害了你母親，從此更不敢出來見人，直到最近才……」

＊＊＊

城市另一頭，「瀟湘煙雨湘菜館」旁的防火巷內，在一團青色的火光後，兩個少年的身影跟著顯現。

「耶！回來了。太好玩了，這是我最有趣的一次生日。」繼程興奮歡呼，接著感動的說，「志達，謝謝你願意放下尊嚴，去乞討東西給我吃。」

「別客氣，你也救了我一命啊！要不是你，我早就死在怒豺的手裡了。」志達也真切的說。

「你是我最好的朋友。」繼程握住志達的雙手，情緒激動。

「你也是我最好的朋友。」志達也說。

兩人四目相對，堅定看著對方，一切盡在不言中。

他們走出防火巷，正巧看見之前那個遊民在馬路對面掏著垃圾桶找東西吃。

繼程看看志達，心生感觸的主動走過去問候說：「你吃飯了嗎？」

「我……嗚……」那個遊民一聽有人關心他，即刻感傷的流下眼淚，「我已經兩天沒吃東西了。」

「我想帶他回餐廳吃點東西。」繼程轉頭和志達說。

「當然好。我想，現在沒有人可以比我們更能體會挨餓的感覺了。」志達打趣的說。

兩人帶著遊民來到餐廳廚房外頭，繼程進去拿了一些食物給遊民，遊民當場吃起來。

「你這樣有一餐沒一餐的也不是辦法。」繼程真誠的說。

「你沒有工作嗎？」志達想起粘六說過的話，「還是你不想要工作呢？」

「不，我很想要工作，可是我已經六十五歲了，找工作處處碰壁呀。」遊民一邊吃著，一邊傷心的說。

「你願不願意來我家餐廳幫忙洗碗，洗碗工不好找，常常做沒幾天就離職，不知道你會不會嫌棄這份工作？」繼程顧慮的問。

「我求之不得，怎麼會嫌棄呢？」遊民驚喜激動的說。

「我們家樓上還有員工宿舍呢！如果你有意願的話，我這就去拜託我外公？」

「好，謝謝你、謝謝你。」遊民感激涕零的說。

繼程進餐館去找魏鼎辛，志達陪遊民在外頭等著。

「你怎麼會流浪街頭呢？是不是家裡遇到什麼意外或變故？」志達好奇的問。

「不是的。我年輕時開過遊覽車公司，賺了不少錢，但是不懂得未雨綢繆，又染上了賭博，幾年後把幾千萬都花光了。」遊民不好意思的說，「後來我戒賭到工廠去上班，憑著努力也算是有一份收入，誰知道工廠發生一場大火，公司倒閉我也失業了。那時我已經快六十歲了，就一直沒有人願意聘用我，只好四處流浪跟人討東西吃了。」

繼程從門口出來，一旁跟著副主廚洪規果。繼程高興的說：「我外公答應用你了。」

「跟我進來，我帶你先去樓上宿舍洗個澡吧！」洪規果對遊民說。

「謝謝，太感謝你們了。」遊民不斷向他們鞠躬，臉上綻出笑容。

志達和繼程很有默契的相視而笑，感到很欣慰。

「對了！我剛剛已經練出全脈神功第四式，現在要趕快回去幫我媽運功。」志達轉移話題，急切的說，「首先，我必須做出『臘味合蒸』這道菜，但這附近哪裡可以買到臘肉這些食材？」

「哈！你忘了，這道菜是湘菜，你要什麼食材我家都有。我到廚房拿一些臘豬、臘羊、臘鴨、臘雞、臘魚給你。」繼程大方的說，接著又改口，「算了，乾脆你就帶一道蒸好的完成品回去，那不更省事。」

「不行，我得要親自製作才行。我媽要吃我親手烹煮的菜，我再替她運功，這樣才有效。」志達說。

「那就直接在我們的廚房料理吧。」繼程建議。

「太好了。謝謝你。」志達高興點頭。

兩人回到瀟湘煙雨湘菜館的廚房，裡頭的廚師們一聽見繼程的命令，二話不說便讓出工作臺給志達。志達把菜煮好之後，繼程還用紙盒和袋子幫忙把菜裝起來。

「走，我跟你一起去安養院，順便看看能不能幫什麼忙。」繼程說。

「好。」志達把「臘味合蒸」提在手上，跟著繼程直接從廚房小門走出去。

兩人一邊往公車站前進，繼程一邊拿起手機查劉七的資料，嘴巴發出疑惑：「奇怪，資料中沒有提到他當了廚子之後的事，也沒有提到他推翻明朝皇帝，可能他沒有機會再次起義。」

志達也看了資料，若有所悟的說：「但歷史流傳臘味合蒸是劉七所發明的，我猜他死前曾向人公開自己的真實身分，否則人們會說是粘六發明的才對。」

「沒錯，應該是這樣。」

他們一言一語的討論，不知不覺來到附近的公園，大概是假日的關係，好多父母推著嬰兒車或帶著孩子，在草地上休息或遊戲。

經過一棵大榕樹下面時，一團黑影忽然從樹上躍下攻擊志達，繼程用眼角餘光發現動靜，本能的想上前保護志達。但不勞他出手，志達彷彿全身長滿眼睛似的，毫無遲疑並且十分精準的躲開對手的突襲。

志達定睛一看，發現對手不是別人，正是在明朝時下毒害他的怒豺，頓時升起一股怒氣，打出一連串招式。怒豺連連遭受內力襲擊，但不肯放棄，喘了兩下又起身撲向志達，志達不假思索的朝怒豺頭部打去，正中太陽穴位置。

「吼……」怒豺哀叫一聲。

這時繼程想在怒豺頭上補上一掌，怒豺發覺，連忙轉移目標，對繼程攻擊。「啊！」

眼看繼程的手就要被怒豺咬到。

第十七章 志達命在旦夕

志達見狀急忙出手相救，卻感受到一股陰風從濃密的樹葉叢中穿出來，但不是打向繼程，而是不偏不倚打中怒豺的頭頂。

「啊……」上一秒仍生氣蓬勃的怒豺，此刻竟然哀號掙扎，呻吟了一會兒便失去氣息。

繼程倒吸一口氣，嚇得跌在地上。志達跳上樹叢，卻沒有任何發現。

「這是什麼？好像是某種昆蟲。」繼程在樹底下驚慌叫著。志達看見怒豺胸口的肉瘤浮起，知道那是控制他的魔物。他跳下樹準備去制伏魔物，卻看見繼程已經搶先一腳把一隻蠍子踩死了。

「一隻大豺死在這兒，我們該怎麼辦才好？」繼程擔憂的說。

「打電話報警。」志達拿出手機準備撥打，但公園裡的人群聽見騷動紛紛過來圍觀。

「天哪！怎麼會有一隻大狗死在這兒？」有人驚叫，引來更多人好奇跑過來。

「這是什麼品種的狗？從來沒看過，怎麼這麼大一隻？」

「而且耳朵特別大，嘴巴特別長，跟狗比起來還比較像是狐狸。」

「是誰打死的？」有人指著繼程質問，「是你嗎？」

「不是我。」繼程連忙澄清。

「打死他的人已經跑了。」志達回答說。

「快打電話給警察……」

「不，要趕快通知動物保護協會……」

人群議論紛紛，爭相圍觀，把志達和繼程擠到外面去。

「剛才那個人為什麼要出手幫我？」繼程在人群外對志達竊竊私語，「難道是我們誤會了，世上真的有什麼降妖除魔的赤焰大仙？」

「不，主上也曾經親手殺了噬血魔狂狼，但他那樣做並不是出自好意。」志達解釋說。

「我被你搞糊塗了，到底是怎麼一回事？」繼程不懂。

「我和羽萱第一次穿越回到明鄭時，名為狂狼的噬血魔就曾被人用刀刺傷，無法動彈。他呼喊主上來救他，沒想到主上聽到不但不救他，反而怕他成為俘虜而動手殺了他。」

「親手殺了自己的部下，太狠了。」

「主上可能是擔心狂狼被俘虜後，會供出有關他的資料，害他無所遁形。」

「那麼，剛才主上又為什麼要殺害那隻大豺呢？」繼程困惑的問，「我記得我們剛到古代時，那大豺搶走你的軒轅石，粘六出現攻擊他，他那時也呼叫主上來救他，結果真的就有人出現在火光中把他接走。如果接走他的人，跟今天殺死他的都是同一人，為什麼會有完全不同的作法？」

「我也不知道。」志達搖頭說。

其實志達心中已有猜測的答案，不過他沒有說出來。因為在沒有掌握確切的證據之前，妄加猜測誰是主上，都可能會造成跟繼程之間的爭執或衝突，最後反而壞了追查真凶的大事。

「繼程，你怎麼在這兒？」一個女人的聲音在他們身後響起。

兩人轉身一看，竟然是看護楊小姐推著空輪椅，親切的招呼著。

繼程看著空輪椅，疑惑的問：「咦，我阿姨呢？」

「虹虹跑去沙坑玩沙，」楊小姐笑著說，「她叫我去買冰給她吃，可是今天賣冰的還沒來，恐怕回去的時候，她又要吵鬧一陣子了。我看還是再等等……對了，你們在這兒做什麼？」

「我們……」正當繼程不知該如何解釋剛才的一團混亂，志達開口插話。

「你說的沙坑在哪兒？」志達問。

「就在那一邊。」楊小姐轉身朝不遠處一指。

志達覺得有蹊蹺，心想：主上是女的，剛才的事會不會跟魏虹有關呢？

這時繼程的手機忽然響起來。

「喂，外公……我在外面……喔，好啦……」繼程拿起手機，唯唯諾諾的說著，臉上卻顯露出不樂意。

「怎麼了？」繼程講完電話後，志達問。

「我外公問我跑去哪裡了？說親戚朋友知道我今天生日，到家裡拜訪卻找不到我，要我回家待著，不要亂跑。」繼程沒好氣的說。

「你外公說的沒錯，今天是你的大日子，我自己去安養院就可以了，你已經幫我很大的忙了。」志達晃了晃手中的臘味合蒸，要繼程放心。

「那好吧，你路上小心。」

兩人告別後，志達搭上公車離開臺北市，抵達板橋之後便直接往安養院方向走去。

經過一個無人空巷時，志達突然感到一股殺氣從背後逼竄過來，他眉頭一揚，有如反射動作側轉身，感應到胸前有一股陰氣橫掃而過。他慶幸逃過一劫，瞬間又有一道陰氣打過來，他急忙輕功躍起，飛上一旁別墅的屋頂，並回頭搜尋，然而巷子前後空無一人。

志達正想跳回巷子裡，卻感覺頭頂上有影子閃過，抬頭一看，一個黑影朝他一掌打來。他急忙跳到隔壁房屋的屋頂，看見一個黑衣蒙面人落在他剛才的位置。黑衣人沒給他時間反應，隨即飛竄過來，朝志達的腹部打出一掌，志達機警的往旁一閃，那一掌沒打中他，但掌風直直往前，砰一聲打在他身後的水塔上，在上面留下一道黑色的掌印。

「啊！五毒陰功，我要小心應付。」志達想起湯之鮮曾被五毒陰功所傷，即刻提高警覺，但鎮定下來之後反而高興，因為主上就在眼前，不需再猜測他的真實身分，如果能一舉打敗他豈不是件好事？

「主上，你終於出現了。怎麼不派其他噬血魔來呢？是不是你自己把他們殺光光了？」

黑衣人沒有出聲回答，卻用行動表現出憤怒。他步步進逼，朝志達打出好幾回陰險霸道的掌風。

志達左手拎緊「臘味合蒸」一一閃過，並趁機出右手朝黑衣人的左腹部打出全脈神功第一式。黑衣人沒料到志達比他所想大膽，一個不注意便挨了一掌，他全身有如電擊，痛得縮起身子。

志達見狀心中一樂，看他才直起身子，又朝他右腹打出全脈神功第二式。但這一回黑衣人已有戒備，一個迴旋繞到志達背後，高高舉起手臂倒懸手掌，宛如毒蠍子的毒尾尖。志達一見，全身爬滿雞皮疙瘩，心想這要是讓他打中了，不就跟湯之鮮前輩一樣非死即傷？他急忙往下一蹲，繞到黑衣人背後。

黑衣人狡猾的騰空而起，不讓志達有閃躲的機會，接著一個勾掌刺下去。志達想後退，卻不料被屋瓦絆了一腳，身子不自覺往後仰，他緊急側身，只差一點點就中了那陰毒的勾掌。志達嚇出一身冷汗，手上拎著的菜也不慎掉落，撒了滿屋頂。

「啊！可惡。」他感到懊惱與憤怒。

黑衣人再度出手，志達急忙用右掌將他的招式隔開，同時用左掌打出全脈神功第二式，正中黑衣人的右腹部肝膽位置。

「嗚……」黑衣人一個翻身落到屋頂下的小庭院裡，雙手抱著肚子，背脊朝天痛苦呻吟。

志達乘勝追擊，跳下去朝黑衣人後背打出全脈神功第四式，不料黑衣人瞬間翻身朝他打出強烈的陰風。志達這才發現那是對方誘敵的伎倆，但已閃避不及，只得以第四式神功與那陰風強碰，只見兩股氣流如卡車對撞，黑衣人的陰風極為凶殘強猛，志達漸漸不敵，被陰風打上高空，然後重重落地。

「啊！」志達慘叫一聲，五臟六腑劇烈震盪，身體各處痠疼不已。

黑衣人又飛跳過來補上一道陰風，志達急忙出手抵擋，同時意識到自己被那陣陰風影響，內力削弱許多。他不敢再戰，急忙翻身閃過，然後施展輕功逃跑，在屋頂上連連跳躍。

在穿越了幾個巷弄後，他停下腳步回頭，似乎沒有再看到黑衣人追上來，便急忙跳進另一條巷子裡。

志達跑往安養院，然而就在他快要抵達前，他感到臉部一陣刺痛，伸手一摸，鼻子旁邊竟摸到一根長針。

「啊！我被暗算了嗎？」他試圖把長針拔起來，卻頭暈目眩抓不準了。

第十八章
奇特的攀牆武功

病房內，湯之鮮正在對陳淑美說：「發明全脈神功的前幫主衛好農說，如果五式全學會了，不但能有功力接續斷掉的經脈，還能打通任督二脈。我想到時候志達便能幫你恢復以往的健康。」

「我真期待那一天趕快到來。」陳淑美心中升起了美好的希望。

忽然砰一聲，房門被人打開。

「救……救我……」志達直接闖進病房。

「啊！」湯之鮮和陳淑美一看驚惶失色。

「志達你怎麼了？」陳淑美更是心驚。

「你中毒了！」湯之鮮一看不妙，急忙攙扶住志達。

毒針漸漸發揮作用，志達口鼻腫脹，呼吸困難。

「發生什麼事了？」護士小姐聞聲跑過來問道。

「你們先不要進來。」湯之鮮把護士阻擋在門外，仔細檢查志達。見志達胸口猛烈起伏，但似乎吸不到空氣，臉色開始由青轉黑，驚懼的說：「他鼻翼旁的迎香穴遭到毒針刺中，此穴屬於大腸經的穴道群之一，毒液滲入大腸經，又因肺經和大腸經互為表裡，而影響到肺部呼吸。」

「我去叫醫師過來。」病房門外的護士一聽便慌慌張張跑走了。

湯之鮮急忙為志達把脈。「糟糕！他的肺脈已經中毒很深，再這麼下去，將會導致肺部痙攣，最終窒息而死。」

志達虛弱不已，漸漸閉上雙眼，昏迷過去。

「天哪！快點救志達，他是我唯一的兒子啊⋯⋯」陳淑美嚇壞了，「對，護士剛才已經去叫醫師了。」

「來不及了，現在若不趕快幫他運功排毒，他要不了多久便會窒息。」

湯之鮮情急之下只好先把毒針拔掉，接著揮動雙掌，準備運功。

「啊，湯前輩，你不能運功……」陳淑美陷入兩難，「你曾經說過，名醫告誡過你，你不能運功給別人，否則就會心脈潰散，心臟爆裂而亡啊！」

「管不了那麼多了。」湯之鮮從丹田聚集真氣，把體內僅有的內力都聚攏過來，然後運到雙掌之中，輸送到志達的背部。

那內力進到志達的體內，分成兩路往肺經和大腸經，與毒血拉扯爭鬥。湯之鮮屏氣凝神，耗盡全身的精力，一會兒後，他又加強力道往前一推，開始有毒血從志達的鼻孔流出來。

「咳！咳！咳……」毒血伴隨著志達咳嗽不斷流出，漸漸的，他的臉色恢復了紅潤。

「志達體內的毒血，大部分都已經排出，沒有生命危險了。」湯之鮮兩手一鬆，卻忽然緊摀著胸口，痛苦大叫：「啊！」

「湯前輩！你……」陳淑美無奈的哭泣。

「我違背名醫的忠告，心臟即將爆裂……」湯之鮮痛苦的說著，「你不用道歉，我是心甘情願做的，志達清醒後，一定要揪出幕後的主上。反正我快死了……臨死前也不必顧慮誓言了……我直接說出菜名……第四道神菜是臘味合蒸……第五道是苦……苦……啊……」湯之鮮的聲音非常微弱，話還沒說完就昏厥倒地。

醫師聞訊趕忙衝進來，檢查湯之鮮的生命跡象後說：「他已經沒有呼吸心跳了。」

醫護人員為他急救，但幾分鐘之後仍宣告不治。

陳淑美一方面強忍悲痛的情緒，一方面請醫院幫忙通知方子龍，方子龍收到訊息後，立刻拄著枴杖、帶著羽萱趕來。在向陳淑美問明了來龍去脈之後，他先處理湯之鮮的後事，又派灶幫內武功高強的好手，在病房外輪流巡邏。

過了一段時間後，志達緩緩甦醒，口鼻的腫脹也消了，他醒來後第一句話就是追問湯之鮮的情況。

「媽，湯老前輩怎麼了？」志達虛弱的問媽媽。

「他……湯老前輩為了救你，不顧名醫的勸告運功替你療傷，卻犧牲了自己的生命。」陳淑美傷心又無奈的說。

「什麼！」志達一時悲傷得說不出話來，一會兒後說，「這可恨的主上，先是下毒害你，現在又用毒針傷害我，還害得湯老前輩失去性命。我發誓，一定要把主上揪出來，讓他付出慘痛的代價。」

「志達，你剛剛才復原，不要那麼激動，免得又傷了身體。」

「我沒事。」志達一刻也不想耽擱，「媽，我已經找出第四道神菜是『臘味合蒸』，也回到古代學會全脈神功第四式了，本來已煮好菜帶來了，半途卻因為中了暗算而弄丟。我這就回去烹煮『臘味合蒸』來給你吃，然後幫你運功。」

「不，你才剛復原，身體還很虛弱，過兩天再說也不急啊。」陳淑美勸告。

「對，志達，你先休息兩天再說吧。」一旁的方子龍也說。

「爸，我覺得志達現在的處境很危險，如果讓他繼續住在他阿姨家，恐怕那個壞人又會去害他，不如讓他住到我們家，你也請幾位保鏢加緊巡邏，他才好安心休養。」羽萱建議說。

「這怎麼好意思呢？」陳淑美不好意思的說，「你們已經幫我們很多忙了。」

「這辦法不錯，就這麼辦。」方子龍爽快答應，「陳幫主，你不要客氣，你們的事就是灶幫的事，這些是我該做的。」

陳淑美一聽便不再堅持，待一切都處理妥當了，志達便簡單收拾東西，跟著方家人去到方家。

晚餐時，志達吃著阿弟煮的越南美食，吃完飯後，志達覺得自己恢復得差不多了，便想製作「臘味合蒸」，羽萱想勸他緩一緩，但看他意志堅定，也只能由著他。

志達找到附近有間南北雜貨行，販賣各種臘肉產品，於是買回臘豬、臘鴨、臘雞、臘羊和臘魚，放在一個陶缽裡一起蒸。

趁著料理的空檔，他跑到外面的大灶重新練出全脈神功第四式。在練功時，他意外發現當自己朝著地上的木柴揮手時，木柴竟然會輕微移動。他驚訝的張大嘴巴，又再試了一次，而這一次木柴竟然飄在半空中。

「這是怎麼回事？」他疑惑的自問。

「這是什麼力量？」羽萱在一旁看了也驚訝極了。

「我想起來了，我媽上回跟我說過，之前在日月潭邊的武藝大會時，湯老前輩曾看到我媽被一股邪惡的內力往西邊推去，是他看不下去，從慈恩塔頂跳躍到湖中，一邊用吸拉的內力把我媽拉回東邊。」志達一邊回想一邊說，「我猜，我現在練到全脈神功第四式，也擁有吸拉的內力了。我記得我媽說過，湯前輩只練到第四式，還沒練會第五式，所以我現在的功力跟他之前是一樣的。」

「太棒了。」羽萱點頭說，「志達，你的武功越來越厲害了。」

志達欣喜的點頭，不久後廚房內飄出白煙，羽萱聞到香味，驚喜的說：

「哇！滿室臘香。」

兩人各自嚐了一塊臘肉，不禁亮眼對看，點頭稱讚。

他在羽萱的陪同下，又去了安養院一趟，讓媽媽吃下「臘味合蒸」，並修復了她的腎經和膀胱經。

接下來五天，他的功夫得到很大的進展，當他強力吸拉地上的木柴時，木柴竟如棒球般飛竄過來，給他一個觸身球。

「唉唷！」他被打中額頭，忍不住伸手去揉撫。

這股吸拉的內力不僅可以隔空取物，當他朝著牆壁用盡全部的內力時，發現自己竟往牆壁飛速而去，雙掌貼在牆上。這時他感到腳掌也有內力在作用，他脫掉鞋子，走回原處，手腳並用再試一次，沒想到整個人瞬間吸附在牆壁上，並且像蜘蛛那樣在牆上緩緩爬行。

「這不就像電影《蜘蛛人》那樣嗎？」他欣喜暗叫，「太酷了！」

他施展內力吸拉，並嘗試往天花板爬行，竟然爬上了羽萱家的客房，維持倒吊一分鐘。他跳下地板之後，跑去羽萱的房間找她，並且示範給她看，羽萱目瞪口呆，覺得非常不可思議。

幾天後的下午他和羽萱向學校請假，因為要參加湯之鮮的告別式。告別式在殯儀館舉行，由於湯之鮮詐死一事鮮少人知，因此方子龍沒有發出訃文，也沒有公告，非常低調。

方子龍事先利用他的人脈聯繫到湯之鮮的女兒，她連夜從加拿大搭飛機回臺參加父親的葬禮。現場只有幾個人，氣氛莊嚴肅穆，等遺體火葬後便送往位在金山的靈骨塔。志達心中非常感謝湯之鮮，想到一位見義勇為的老廚俠為了救自己而犧牲性命，他既傷心又愧疚。

羽萱拍拍志達的肩膀，志達看著她，深深吸了幾口氣，漸漸把淚水止住。

「湯老前輩，我一定會為你報仇的，相信我。」志達望著靈位，心中悲憤而堅定的說著。

葬禮之後，志達回到學校上課，生活又恢復正常。

繼程從群組的訊息中得知志達的情況，關心他的病情。

繼程：中了毒針昏迷是什麼感覺？

志達：我完全不省人事，哪會有什麼感覺。

繼程：好慘！那不就跟死了一樣。

志達：你別擔心，我不是已經痊癒了嗎？

繼程：我外公明天出差，後天才會回來，這兩天終於可以鬆口氣。

志達：恭喜你。

繼程：你要不要來我家玩？我外公說我可以邀你來家裡玩，我們可以一起切磋武功。

志達：哦？他真的這麼說？

繼程：是啊！你還可以住我家，我舅舅的房間就在我的隔壁，現在空著，你可以睡他的房間。

志達：你外公也跟你住在一起嗎？

繼程：沒有，他跟我阿姨住在十五樓，我跟我舅舅住在十六樓。

志達：你外公出差，放心你阿姨一個人在家裡嗎？

繼程：看護楊阿姨會來陪她。

志達：楊小姐也住在附近嗎？

繼程：她住在樓上的員工宿舍。

志達：你們家還有誰住在哪棟大樓？

繼程：沒有啦！我爸我媽在美國，我舅舅也還沒回來……哎，你問這麼多要做什麼？

志達：沒事。

繼程：要不要來？

志達：改天吧！我想多陪我媽，她受到不小的驚嚇。

繼程：好吧！那先這樣。

志達：881

志達雖然表面上婉拒繼程的邀約，心中卻暗自盤算，想趁魏鼎辛不在時，前往瀟湘煙雨湘菜館仔細調查。下課時他跑去跟羽萱討論。

「太好了，我們今晚就去。」羽萱提議說。

「等大家都睡了再去。」志達說，「你回家後先睡一覺，半夜才有精神。」

那一晚深夜十二點，志達騎腳踏車載著羽萱，一同往繼程家出發。

來到繼程家的大樓已經是十二點半了，整棟大樓外牆映著霓虹燈的七色光芒，顯得金碧輝煌，但大部分的窗戶都是暗的，只有少數幾個房間還亮著燈。

「管理員在打瞌睡。」羽萱躲在大門旁邊往裡面看，高興的說。

志達一笑，便和羽萱潛進大廳搭電梯。

他們先來到位於二十一樓的練功房，志達讓羽萱先在電梯口等著，他爬出窗外，利用吸附牆壁的吸拉內力，沿著大樓的外牆往下爬。

經過二十樓時，他好奇的看進發亮的窗戶，發現洪規果開著燈在床上呼呼大睡。他記得繼程和他說過，十九樓和二十樓都是辦公室，看起來二十樓還隔出房間當作員工宿舍。

忽然屋內有東西動了一下，志達仔細一看，桌上有個大玻璃缸，裡面養著一隻綠色的大蜥蜴。洪規果養爬蟲類當寵物？這跟五毒有沒有關係呢？志達又看了看玻璃缸附近，並沒有其他發現，於是繼續往下爬。十九樓的窗戶內全黑，往內看也看不出所以然。

接著來到十八樓，他從窗戶爬進去，掏出口袋裡的手機，打開手電筒功能往四周探照，發現一個大螢幕和好幾排沙發椅，看起來像是一間小型電影院。他找到大門開鎖走出去，然後從樓梯間帶羽萱下來。

「哇，真是豪華，竟然還有大螢幕的家庭電影院。」羽萱進來後驚奇的說。

「噓！小聲一點。」志達提醒。

兩人來到電影院旁邊的房間，裡面擺著神明桌。

「是灶王爺。」羽萱雙手合十，虔誠的對灶王爺拜了拜，不好意思的說：

「灶王爺在上，我方羽萱和林志達不是小偷，我們闖入民宅是不得已的，是為了追查主上的身分，此人對我們灶幫危害很大……」

「奇怪，怎麼沒有祖宗牌位？」志達好奇的說。

「怎麼了嗎？」羽萱問。

「一般人家會同時供奉神明和祖宗牌位。」

「我猜也有祖宗牌位，只是放在不同的地方，畢竟他們家這麼大，另外設一間祠堂也不無可能。」羽萱機靈的回答。

搜查完十八樓，沒有任何發現。他們發現室內有樓梯可下去十七樓，便往下走去。

十七樓有兩間大房間，一間是大書房，放滿書籍，另一間的牆壁上掛滿書畫，中間一張大長桌，上頭擺著文房四寶，看起來是一間畫室。

這一樓室內也有往下的樓梯。他們下到十六樓，經過一個房間，志達輕輕轉開房門的把手，發現門沒鎖。他輕輕探頭進去看，發現是繼程的房間，繼程躺在床上睡得很沉。他輕輕關上房門，望著另一個房間說：「那一間應該就是魏興的房間了，繼程說他舅舅去美國接受治療了。」

「我們去看一下。」羽萱說。

他們進到房內，看來看去，並沒有發現什麼異樣，最後他們走出房間，在屋裡到處看看。十六樓除了兩個房間，還有一個大客廳，但僅止於此。他們想找往十五樓的樓梯，卻發現室內沒有往下的樓梯了。

「我記得魏虹阿姨住在十五樓，我們該怎麼下去？」羽萱問。

「別擔心，一樣的方法。」志達說。

志達打開十六樓的大門，羽萱點點頭走出去，從公共樓梯間往下走。而志達則回到屋內，再度爬出牆外，用吸拉內功來到十五樓的魏家客廳，發現客廳的燈雖然暗著，但走道後面的燈卻是亮的。他躡手躡腳的跑到走道後查看，發現有個房間門敞開。

他悄聲打開十五樓的大門，讓羽萱進來，再輕輕關上門。

忽然間，他們聽到有人走動，兩人急忙躲藏在電視牆下。

第十九章
詭異的地下密室

「啦啦啦，我的家庭真可愛……」

是魏虹。她半夜起床走動，還哼著不成調的歌曲。他們好奇的從牆角探頭看，看見魏虹走進另一個房間。

志達向羽萱揮手，兩人悄聲的跟在魏虹後面。進入房間後，發現裡面的牆壁擺滿了酒櫃，架子上排列著各色名酒，一角還有吧臺和高腳椅。羽萱吐吐舌頭，用氣聲說：「這裡簡直可以媲美歐洲酒莊了。」

「我猜這些酒不一定是繼程外公的個人收藏，也會賣給客人喝吧！」志達猜測，「樓下就是餐廳，客人吃飯配酒也是常見的事。」

兩人看著魏虹專注的站在一面酒櫃前，轉動其中一瓶酒，接著酒櫃的右側牆壁上突然開了一個小洞，裡頭隱約有個按鈕。魏虹跨一步過去按下按鈕，酒櫃忽然應聲敞開，裡面竟然藏著電梯！

魏虹搭著電梯離開後，志達和羽萱互看一眼，便點點頭也上前按了電梯。

電梯很快抵達，他們走進去後，電梯自動往下降落，彷彿直達車一般沿途都沒有停止，一路抵達地下三樓。

電梯門一開啟，外面光線昏暗，他們躡手躡腳的走出去，沒想到看見魏虹在一道牆壁前停下來，牆上有一幅畫，魏虹踮起腳尖，用手點按畫上的某處。

那道牆壁霍然打開，裡頭一片漆黑，隱約傳來動物的吼聲。

魏虹走進去，牆壁又關上。

「天哪！」羽萱輕聲驚叫，「這兒竟然有個祕密基地。」

「走！我們馬上就能破解真相了。」志達毫不猶豫的說。

「這樣好嗎？貿然闖進去太危險了。」羽萱搖搖頭，「我們應該謹慎一點，等準備好再來查也不遲。」

剛才隱藏在牆壁的那扇門又霍然打開。

「吼……」一頭猛獸從裡面慢慢走出來。羽萱一看嚇出一身冷汗，竟然是一隻大老虎。

「天哪！快逃。」羽萱回頭按電梯，兩人急忙跑進電梯，然後電梯自動升上十五樓停下來。

他們回到十五樓後，匆匆從品酒房跑出來，然後搭大樓電梯下到一樓，慌忙跑出去。

管理員剛好打盹醒來，看見兩個小孩神色匆忙，便驚訝的叫說：「你們是誰？哪來的……」但來不及了，兩人已經不見蹤影。

黑暗中，一隻右手點開電腦螢幕的一個開關。

一片牆壁發亮，上面全是電視螢幕，志達和羽萱的一言一行，在那些螢幕中無所遁形。

他們跑出大樓，志達奮力踩著腳踏車，載羽萱回家。

「看起來魏虹就是幕後的主上。」志達說，「我和繼程回到明朝時，發現受到人們崇拜、抓走噬血魔的赤焰大仙，是個女的。」

「長得像魏虹嗎？」羽萱急忙問。

「不知道，丐幫的花幫主雖然有看到容貌，也聽到她的聲音，但只說是一位中年婦人。話說回來，魏虹也有三十多歲了吧！」志達又說，「我覺得魏虹很有可能就是主上，她應該是裝瘋賣傻。」

「要怎麼裝？繼程在這兒住那麼久了，難道她裝瘋賣傻那麼久，連繼程都不知情？」羽萱又問。

「這很難說，我看過一部電影，叫《頂尖對決》，一對雙胞胎兄弟為了在舞臺上表演瞬間移位的魔術，其中一個一輩子都要化妝，假扮成不同長相的瘸子來掩人耳目。」

「如果她真的是主上，這麼辛苦裝瘋的目的是什麼呢？」

「我也不知道。」志達搖搖頭激動的說，「看來我們還需要蒐集更多的證據才行。」

「如果主上是女的，會不會是看護楊小姐？」羽萱突發奇想。

「喔，這也有可能。」

「她也住在那一棟大樓嗎？」

「嗯，她跟洪規果都住在員工宿舍裡，繼程還說外公出差時，會派楊小姐來陪虹虹阿姨。」

「可是我們都沒有看到楊小姐。」

「對，她也有嫌疑。」

「剛才那個有電梯的房間，似乎是品酒房。那麼繼程的外公住哪一個房間？」

「我剛才看到品酒房旁邊有另一扇門！」志達說，「那應該就是魏鼎辛的房間，可惜我們沒時間進去查一查。」

「對了，那棟大樓應是魏鼎辛所擁有，他一定也知道屋子裡有機關，還有地下暗室。」羽萱狐疑的說。

「如果魏虹是主上，該不會是魏鼎辛被魏虹控制著吧？」志達推測說。

「是有可能。不過，一定是魏虹嗎？會不會是繼程的媽媽。」羽萱充滿疑惑的說著，「雖然她住在美國，但那個回到古代的赤焰大仙，不一定是現在回去的，說不定是十幾年前，或更早以前，她還在臺灣生活的時候……」

「不可能，主上一直帶噬血魔去到古代跟蹤我們，她一定是住在臺灣的。」志達說。

「聽你這麼一說，我想到一個人。繼程的外婆呢？怎麼都沒看到她，她沒有跟他們住在一起嗎？會不會跟他媽媽一起住在美國？」羽萱問。

「應該不是，如果有的話他應該會說。我猜她已經過世了，因為沒聽過繼程提過外婆。」志達說。

「說不定離婚或分居？」羽萱轉著眼珠子。

「不知道！」志達煩躁起來。

「主上到底為什麼要毒害你媽？為什麼要搶走軒轅石？她把噬血魔抓來現代是要做什麼？還有他的蚩尤石是怎麼來的？他們家又不姓曹，是向曹家人搶來的嗎？」羽萱提出一連串疑問。

「唉！太多問題了，猜來猜去都沒用，真後悔剛才沒有闖進那間暗室，說不定一進去裡面就真相大白了。」志達懊悔的說。

「傻瓜，你不怕被老虎咬死喔？」羽萱責備著說。

「吼……」忽然一頭大老虎從黑暗中跳出來，攻擊他們。

「天哪！是剛才那隻大老虎嗎？」羽萱驚恐的大叫。

志達加快踩踏板的速度，但大老虎緊追在後，來到一個巷子口，竟又冒出另一頭大猛獸。

「怎麼還多了一隻大獅子？」羽萱簡直要崩潰了。

志達猛然停下腳踏車，兩隻猛獸一前一後往他們撲上來。獅子的速度比較快，張大嘴往志達咬，志達發功打牠肚子，牠竟機警的把身子一偏躲過了。這時獅子的身後冒出老虎，把獅子撞開，換牠來咬志達。志達急忙閃避，發現兩頭猛獸似乎爭著要攻擊他。

羽萱看一旁有棟大樓，便大叫：「逃進大樓內。」

她扭開玻璃大門的門把，等志達跟進來便關上玻璃門，去按電梯。

管理員坐在櫃臺後面，被突然闖進來的兩人嚇了一跳，說：「哪來的野孩子？快離開，不然我要報警了。」

羽萱指著門外說：「你快點躲進去，不然有生命危險。」

管理員回頭一看，見鬼似的驚叫，急忙跑進櫃臺後方躲藏。

兩隻猛獸追過來卻被玻璃門阻擋，在上面空撲了兩下。老虎想撞破玻璃門，獅子卻對牠大叫一聲：「暴虎，你這笨女人。」隨即變成一個魁梧雄壯的男人，伸手扭開門把。

男人先一步進到門內，往一旁的樓梯爬上去，老虎則是變身為一個女人，按了電梯，看著上頭的顯示樓層，笑說：「殘獅還笑我笨，他們已經逃到頂樓了，走樓梯要走到什麼時候？」

不久之後，兩個獸人幾乎同時抵達頂樓，不過殘獅爬了二十七樓，氣喘吁吁，暴虎卻氣力飽滿的走上天臺。志達和羽萱躲在水塔後方，很快就被暴虎發現。「別躲了，交出軒轅石就免你一死。」

「不可能。」志達生氣的回應。

「吼……」暴虎又化身回猛虎，朝志達撲來。

「吼……」那男人也變回殘獅，過來搶人。

「等等！」羽萱兩手平舉，大聲對兩頭猛獸說，「我知道你們的目的是志達身上的軒轅石。我們打不過兩位，請不要攻擊我們，我會要志達交出軒轅石，但只能交給你們其中比較強的那一個。」

「當然是我暴虎。」大老虎說。

「胡扯！是我殘獅。」大獅子說，「主上說，誰先搶得軒轅石，就會先移除他胸口的五毒魔物。」

殘獅和暴虎因搶軒轅石而起爭執，志達和羽萱希望看見他們自相殘殺，想隔山觀虎鬥。

「停！」一會兒之後殘獅發覺不對，「暴虎，我們應該合力制伏這兩個小鬼，我拿軒轅石給主上時，會逑說你的功績，主上一定也會幫你解除魔物。」

「那也行。」暴虎說。

殘獅沒有了後顧之憂，便凶猛的撲向志達。志達一邊護著羽萱，一邊靠著全脈神功，勉強和殘獅打成平手。

就在雙方疲累喘息之際，暴虎衝過來撞開殘獅，害殘獅差點摔落牆外。

「可惡！你暗算我。」殘獅憤怒的說。

「你真是差勁，還是我來吧。」暴虎笑著說，「我拿軒轅石給主上時，也會逑說你的功績，請主上幫你解除魔物。」

暴虎轉身與志達纏鬥，殘獅心想剛才確實花去太多力氣，如果再跟志達打下去，恐怕自己會受傷，因此心生一計，趁他們打得眼花撩亂之際，偷偷撲向羽萱。羽萱沒有想到會被襲擊，跌在地上，急忙起身揮出雷厲釋迦拳，卻見一雙男人的手掌把她的拳頭包握住，殘獅又化為男人身形，把羽萱拉進懷裡，用手臂勒住她的脖子，並拖往牆邊。

「交出軒轅石，否則我就把她丟到樓下。」殘獅對志達大叫。

「羽萱！」志達往後退去，望著殘獅憤恨的說。

「快交出來，她要是摔下去必然粉身碎骨。」殘獅威脅著說。

「志達，救我。」羽萱奮力掙扎著，害怕得紅了眼眶。

志達無奈只好拿出軒轅石走過去。

「殘獅，你這招不錯，到時可別忘了在主上面前幫我美言幾句。」暴虎雖然這樣說著，心中卻盤算在志達交出石頭之前，把石頭搶過來。

志達心急如焚，不知如何是好。

他拿著石頭，另一手不由自主的伸進口袋，摸到了一直放在身上的鐵湯匙，忽然靈光一閃。

「鏘！」他冷不防拿出鐵湯匙敲擊了石頭，唸出祝融通古神咒：「雷金流火，天地玄黃，元祖叱吒，萬古流芳，天清清，地靈靈，帶我們到一個寬闊的平地……」

天臺上冒出一圈青熊大火，把半空照得亮晃晃的，四人瞬間一同消失。

（第四集結束）

少年天下系列 052

少年廚俠4：除魔大神仙

作　　者｜鄭宗弦
繪　　者｜唐　唐

責任編輯｜李幼婷
內頁排版｜極翔企業有限公司
行銷企劃｜葉怡伶

天下雜誌群創辦人｜殷允芃
董事長兼執行長｜何琦瑜
兒童產品事業群
副總經理｜林彥傑
總編輯｜林欣靜
主編｜李幼婷
版權主任｜何晨瑋、黃微真

出版者｜親子天下股份有限公司
地址｜臺北市 104 建國北路一段 96 號 4 樓
電話｜（02）2509-2800　傳真｜（02）2509-2462
網址｜ www.parenting.com.tw
讀者服務專線｜（02）2662-0332　週一～週五：09:00~17:30
讀者服務傳真｜（02）2662-6048
客服信箱｜ parenting@cw.com.tw

法律顧問｜台英國際商務法律事務所・羅明通律師
製版印刷｜中原造像股份有限公司
總經銷｜大和圖書有限公司　電話：（02）8990-2588

出版日期｜ 2019 年 9 月第一版第一次印行
2022 年 12 月第一版第十五次印行
定　　價｜ 280 元
書　　號｜ BKKNF052P
I S B N ｜ 978-957-503-469-6（平裝）

訂購服務
親子天下 Shopping ｜ shopping.parenting.com.tw
海外・大量訂購｜ parenting@cw.com.tw
書香花園｜臺北市建國北路二段 6 巷 11 號　電話（02）2506-1635
劃撥帳號｜ 50331356 親子天下股份有限公司

國家圖書館出版品預行編目資料

少年廚俠 . 4, 除魔大神仙 / 鄭宗弦文 ; 唐唐圖
. -- 第一版 . -- 臺北市 : 親子天下 , 2019.09
216 面 14.8×21 公分 . -- (少年天下系列 ; 52)
ISBN 978-957-503-469-6 (平裝)

863.59　108011396